KB042780

이제 의사가 아니라 보호자입니다

이제 의사가 아니라 보호자입니다

초 판 1쇄 2023년 12월 19일

지은이 김사랑
펴낸이 류종렬

펴낸곳 미다스북스
본부장 임종익
편집장 이다경
책임진행 김가영, 박유진, 윤가희, 이예나, 안채원, 김요섭, 임인영

등록 2001년 3월 21일 제2001-000040호
주소 서울시 마포구 양화로 133 서교타워 711호
전화 02) 322-7802~3
팩스 02) 6007-1845
블로그 http://blog.naver.com/midasbooks
전자주소 midasbooks@hanmail.net
페이스북 https://www.facebook.com/midasbooks425
인스타그램 https://www.instagram/midasbooks

ISBN 979-11-6910-417-3 03810

값 19,000원

이제 의사가 아니라 보호자입니다

김사랑 지음

미다스북스

프롤로그 의사에서 암 환자 보호자가 되다

지루할 만큼 평온한 시기였다.

치열했던 대학병원 전공의 시절을 지나 전문의가 된 지도 몇 년이 지났다. 암 환자를 전문으로 치료하는 로컬 병원에서 페이 닥터로 일하며 돈도 시간도 여유로워졌다. 개원 때부터 오픈 멤버로 함께한 병원 일이 너무 익숙해져 매너리즘에 빠진 건가 싶었다. 시끄럽던 코로나19도 건강한 사람들은 감기 정도로 앓고 지나는 변이로 바뀌었다. 한 번쯤 코로나에 걸려본 사람이 아닌 사람들보다 많아진 듯한 시기쯤 우리 가족도 코로나 감염을 겪었다. 이제 항체도 빵빵하게 생겼으니 아빠와 나는 미뤄둔 건강검진을 받기로 했다. 한동안 코로나19로 사람들이 외출과 병원 방문을 꺼렸다. 그러는 동안 많은 이들이 건강검진을 미뤘고 뒤늦게 암 진단이 늘고 있다는 소식은 익히 알고 있었다. 그럼에도 특별히 걱정하지 않았던 건 아빠는 너무도 건강했고 최근 좋은 조건으로 이직에 성공해 그 어느 때보다 활기차게 지내고 있었다.

나도 마흔 살이 되기 전에 대장 내시경까지 전부 검사를 받아야겠다 싶어 의국 동기가 일하는 검진 센터에 날짜를 잡았다. 검사 전날 퇴근해 친정집으로 갔다. 아빠와 함께 관장약을 마시고 화장실을 들락날락하는 서로의 모습이 우스워 낄낄 웃었다. 곧 닥쳐올 불행에 대해선 전혀 예측하지 못한 시간이었다.

다음 날 검사를 마치고 나서도 다 좋았다. 친구가 직접 본 위, 대장내시경 결과 모두 깨끗했고 복부 초음파, 흉부 CT 검사 판독까지 모두 문제없었다. 아빠의 경우 나의 친할머니, 그러니까 아빠의 엄마가 위암으로 돌아가셨기 때문에 매년 위내시경 검사를 했다. 또 과거 흡연력 때문에 폐암 검진 목적의 저선량 흉부 CT 검사를 신경 써서 챙기고 있었는데 모두 아무 문제 없었다. 검사 당일 결과를 확인하고 이후론 아주 홀가분하게 지냈다. 다시 일상으로 돌아와 특별한 일 없는 지루한 일상에 감사할 줄 모르는 그런 날들을 보냈다. 얼마 후 내 검진 결과지가 메일로 도착한 것을 보고 아빠 것도 확인차 보내달라 했다.

이미 들은 결과들이라 가벼운 마음으로 확인하는데 혈액검사 항목 중 CA 19-9 암 표지자 수치가 오른 것이 보였다. 순간 불길한 예감과 두려운 감정에 휩싸였다.

'아닐 거야. 술을 즐겨 하시니 췌장염을 앓았던 흔적 정도일 거야.'

나 자신을 다독였지만 하필 암 표지자 중에서도 CA 19-9인 것이 마음에 걸려 친구에게 연락해 복부 CT 검사를 예약했다.

내시경과 초음파 검사에서 이상 없는 걸 확인한 터라 암 표지자 혈액검사 수치는 검사 당일 나도 친구도 굳이 챙겨 보지 않았다. 암 표지자는 암이 있다고 해서 꼭 수치가 오르는 것도 아니고, 암이 없어도 염증 등의 이유로 수치가 상승하는 경우가 흔하다. 그래서 영상 검사 같은 다른 검사 결과와 병행해서 해석해야 하고, 수치가 올라도 일단 기다렸다 한두 달 후에 재검하는 경우가 많다. 하지만 암 표지자 중에서도 CA 19-9인 것이 불안했던 이유는 CA 19-9는 주로 췌장암과 관련된 항목이었기 때문이다. 췌장의 경우 위치상 복부 초음파 검사에서는 잘 보이지 않는다. 그래서 아무리 초음파 결과가 정상으로 나왔다 할지라도 숨겨진 췌장암을 발견하지 못했을 가능성이 크다.

아빠에게 별일 아니지만 확인차 추가 검사를 받자 해놓고 내 마음은 타들어 갔다. '아닐 거야. 미리부터 걱정하지 말자.' 되뇌어 봐도 불안하고 두려운 마음을 가라앉히기 힘들었다.

바로 복부 CT 결과가 나왔다.

그렇게 아빠는 췌장암 환자가 되고 나는 암 환자를 치료하는 의사에서 암 환자 보호자가 되었다.

차례

의사 가운,
잠시 벗어두겠습니다!

백수 일상
백수지만 알찬 인생!

가족,
그 애증의 역사

위로가 되는 관계들

우리 모두는 예비 환자

다시 요즘,
흐르는 시간 속에서

※

의사 가운,
잠시 벗어두겠습니다!

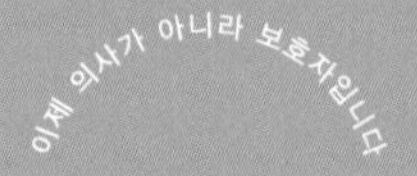
이제 의사가 아니라 보호자입니다

백수가 되어 비로소 찾은 행복

—

아빠의 암 진단으로 근무하던 병원을 그만둔 후 일하고 있지 않다지만 직업인으로서 일(노동, labor)을 하지 않는다는 것일 뿐 하고 있는 일(work)은 매우 많다.

1년 전 병원을 그만두겠다는 나를 두고 주변에선 몇 달만 지나면 다시 출근이 하고 싶어질 거라 점쳤다. 그들의 염려에 나는 엄청난 '집순이'이기 때문에 절대 그럴 일은 없을 거라고 호언장담했는데 역시 내가 옳았다. 요즘 나는 출근할 때보다 많은 일(work)을 하고 있다.

먼저 주부로서 '가족과 나 자신을 돌보는 일'을 한다.

아무래도 자녀가 없다 보니 집안일 자체는 많지 않고 반려견 '뽀기' 케어에 많은 시간을 소요한다. 오전 오후 한 시간씩 하루 두 번 산책과 발 닦고 말리고 털 빗고 양치하고 간식 주는 루틴만 최소 3–4시간이 소요된다. 오히려 사람을 위한 살림은 설거지는 식기세척기가, 빨래는 세탁기가, 청소는 로봇 청소기가 담당하고 있기 때문에 크게 손이 가지 않는다.

그 외에는 나를 돌보는 시간인데, 나의 신체적 정신적 건강을 위해 내가 좋아하는 것들로 가득 채운 시간들이다. 수영, 산책, 라디오, 독서, 글쓰기, 티타임(tea time) 등이다.

특별한 외출 일정이 없는 나의 보통의 하루는 이렇다.

먼저 아침에 일어나 수영장과 강아지 오전 산책을 다녀온다. 그러고선 아침 겸 점심을 챙겨 먹고 나면 벌써 시간은 정오다. 오후에는 책도 읽고 커피도 마시고 라디오를 듣다가 졸음이 몰려오면 낮잠 한숨 자고 일어나 그날그날의 소소한 집안일을 한다. 빨래를 널고 갠다든가 화분에 물을 주고 베란다 창틀을 닦거나 하는 일들이다. 또 틈틈이 출연 예정인 방송 대본 수정이나 강연 준비를 하다 보면 어느새 뽀기 저녁밥 먹일 시간이다. (뽀기의 배꼽시계는 엄청 정확해서 저녁 5시가 되면 어김없이 밥 달라고 힝힝댄다.) 뽀기 밥 먹고 나면 저녁 산책에 나갈 차례이고, 저녁 산책을 다녀오면 어느새 남편 퇴근 시간이라 서둘러 저녁 식사를 준비한다. 남편 퇴근 후에 함께 밥을 먹고 TV도 보고 나면 어느새 잠자리에 들 시간이다.

여기에 아빠 외래 일정, 방송이나 강연 스케줄 혹은 가끔 있는 지인과의 약속 같은 일이 추가되면 '백수가 과로사한다'는 말을 몸소 체험한다.

사실 전업주부로 사는 것은 오랜 나의 꿈이었는데 서울대를 입학하는 순간부터 '전업주부로만 사는 것은 글렀구나.' 싶어 가슴 한 편에 숨겨두고 입 밖에 꺼내는 것을 자제하며 살았다. 벌써 20년 가까이 된 과거에는 서울대를 졸업하고 '전업주부가 꿈'이라든가 낙향해서 도교적 삶을 살겠다 하면 '사회 부적응자'나 '사차원 인간' 정도로 낙인찍히는 분위기였기에 더욱 그러했다.

'누가 조국으로 가는 길을 묻거든 눈 들어 관악을 보게 하라'

「여기 타오르는 빛의 성전이」, 시인 정희성

멋진 말을 보아도 서울대생으로서 자부심과 책임감에 가슴이 벅차오르기보다는 '정말 죄송합니다. 저는 조국의 발전에 기여할 만한 인재도 아니고 그런 삶을 원치도 않아요….' 숨고 싶은 마음이 들었다.

여기서 반전은 '나는 본래 전업주부가 꿈이었다. 타고나길 백수가 체질인 인간이다.' 어필하곤 있지만 아빠가 암 진단을 받기 전까지 정말 쉬지 않고 일했다. 열아홉 수능을 본 다음 날부터 과외를 시작했고, 서울대를 조기 졸업하고 스물셋 나이에 대기업에 입사해 일했으며, 이후에도 의학전문대학원 재학 시절 외에는 경제활동을 쉬어 본 적이 없다. 건강상의 문제로 삼성서울병원 인턴을 그만두고 나왔을 때도 사직 다음 날부터 검진 아르바이트 일을 했을 정도로 일을 쉬면 인생이 큰일 나는 줄 아는 인간이었다. 레지던트 시절에도 유명 의학 채널의 커뮤니티 멘토로 활동하며 글도 쓰고 유튜브도 출연하고 방송에도 출연했다. 아마 남들이 봤을 때는 '꽤나 직업적 성공에 야망 있는 인간'으로 보였을지 모른다.

그때는 내가 원하는 삶을 살기에 상황도 여의치 않았고 무엇보다 결단을 내릴 용기가 없었다. 아마 가족의 암 진단이라는 인생의 큰 사건이 없었다면 여전히 오늘의 행복은 미뤄두고 하기 싫은 출근을 꾸역꾸역 하고 있을 것이다. 남편의 경제적 지원과 정서적 응원, 그리고 오랜 시간 마음속에만 품고 있던 생각을 실행할 수 있는 결단을 내릴 수 있는 계기를 마련해 준 아빠의 의도치 않은 도움 덕분에 오랜 나의 꿈을 이루게 되었다.

일을 그만둔 건 아빠의 간병이 목적이기도 했지만 그게 전부는 아니었다.

'시간은 무한대로 주어진 것이 아니다, 하루하루가 소중하니 오늘의 행복을 미뤄서는 안 된다!'

사랑하는 가족의 건강 위기는 이런 중요한 사실을 다시금 일깨워 주었고 드디어 나는 실행에 옮겼다.

아빠가 행여 본인 때문에 내가 일을 그만두었다고 마음 아파할까 염려스럽다.

아빠, 저는 지금 너무 행복합니다.

아빠의 암 진단은 우리 가족에게 큰 슬픔과 위기였지만, 세상일이라는 게 괴롭고 힘든 과정에도 감사할 부분이 있더군요.

지난겨울 수북이 쌓인 눈길을 뽀기와 산책하며 '출퇴근길 걱정 없이 눈 내린 세상을 반긴 적이 마지막으로 언제였나?' 떠올려보니 기억나지 않을 만큼 오래전이었습니다.

요즘 저의 일상은 감사한 것들로 가득합니다.

아침 수영을 마치고 나오면 젖은 머리를 스치는 상쾌한 바람. 뽀기와 산책하며 마주치는 이름 모를 풀과 꽃. 라디오에서 흘러나오는 좋아하는 노래. 잠 못 들어 다음 날 출근에 늦을까 하는 걱정 없이 마시는 오후의 커피 한 잔.

그러니 혹여라도 작은딸이 아빠로 인해 의사 커리어를 희생하는 건 아닐까 염려치 마세요.

저는 그저 아빠 덕분에 이전보다 행복한 날들을 보내고 있을 뿐입니다.

내가 일을 하지 않는 이유

—

아무것도 하고 있지 않지만, 더욱 격하게 아무것도 하고 싶지 않다.

작년 5월 아빠가 췌장암 진단을 받고 다시 5월이 돌아왔으니 벌써 1년이다. '벌써'라는 표현이 말해주듯 지난 1년간 힘든 시간도 있었지만 감사하고 기쁜 순간이 더 많았다.

아빠가 받은 선항암치료(수술 전에 진행하는 항암치료)는 '폴피리녹스' 요법(옥살리플라틴, 이리노테칸, 플루오로우라실, 류코보린 4가지 항암제를 조합하여 사용하는 치료법)이었는데, 이 항암 치료를 받는 환자들의 대다수가 심한 부작용을 겪는다. 구역 구토는 물론이고 백혈구 수치가 떨어져 열이 나면 '호중구감소성 발열(neutropenic fever)'에서 패혈증까지 이어질 수 있기 때문에 응급실에 가는 일도 흔하다. 이러한 상황을 대비해 병원 일을 그만두며 우리 집에 방 하나를 아빠 방으로 바꿔 꾸몄다. 또 상비약과 주사, 수액을 잔뜩 구비해 놓았는데 너무나 감사하게도 이 모든 것은 한 번도 쓸 일 없이 무용지물이 되었다. 아빠는 손발 저림 외에는 특별한 항암 부작용 없이 너무도 씩씩하게 선항암치료를 마쳤다. 그리고 수술까지 성공적으로 받아 현재는 육안적으로 보이는 암은 남아 있지 않은 상태다. 현재는 수술 후 재발 방지를 위해 먹는 항암제(젤로다)와 일주일에 한번 주사(젬시타빈)를 맞는 치료를 받고 있으며, 이 치료 역시 한 달 후면 끝이다.

정말 대단하게도 아빠는 두 달 전부터 다시 직장에 복귀했다. 평일에는 일을 하고 토요일이면 혼자 서울대병원 주사치료실에 가서 한 시간 정도 항암 주사를 맞고 귀가한다. 아빠가 직장을 복귀하는 것에 대해 고민이 없었던 것은 아니지만, 일하는 게 즐겁다는 아빠의 진정성 어린 호소와 암 진단을 받기 이전의 일상과 지위를 회복하는 것이 환자에게 주는 긍정적 효과에 대해 잘 알고 있기에 아빠를 말릴 수 없었다. 무리라고 생각되면 언제든 그만두기로 다짐을 받고 아빠의 복직에 찬성했다.

아빠의 암 진단을 이유로 함께 직장을 그만두었던 아빠와 딸은 1년 사이 다시 출근하는 아빠와 여전히 백수인 딸로 입장이 달라졌다. 이제 아빠와 관련된 일정은 한 달에 한 번 외래에 동행하는 것 외에는 따로 없어 더는 아빠를 핑계로 일을 하지 않는 걸 정당화할 수 없다. 하지만 지난 1년 사이 내게는 아빠 말고도 '일을 할 수 없는 이유 & 일을 하지 않는 이유'들이 생겼다.

첫째, 나에게는 돌봐야 할 반려견 '뽀기'가 있다.

병원을 그만두게 되면서 나의 오래된 숙원이었던 반려견 입양을 했다. 아빠의 투병과 나의 간병 생활에 도움이 될까 싶어 급하게 데려오긴 했지만, 지금 내 생활의 90%는 뽀기를 위해 쓴다고 해도 과언이 아닐 정도로 정성을 다해 키우고 있다. 사실 나의 멍멍이 뽀기는 분리불안도 전혀 없고, 출근 전후로 열심히 산책시키며 반려견을 키우는 1인 가구와 맞벌이 부부들도 많기 때문에 뽀기를 이유로 내가 일을 못할 건 없다. 하지만 내가 뽀기에게 분리불안이 있다. 지금 마음으로는 긴 시간 뽀기를 혼자

두고 싶지 않다. 또 뽀기는 겁도 많고 다른 강아지들에게 치이는 편이라 강아지 유치원 같은 곳에 맡기고 일을 다니는 옵션은 고려하고 있지 않다.

둘째, 일을 하면 수영을 할 수 없다.

얼마 전부터 수영을 배우고 있는데 아주 재미가 있다. 사는 동안 오래 즐기며 잘하고 싶다. 물론 일을 하면서도 새벽 직장인 수영반 수업을 들으면 된다지만 수영은 꽤나 체력 소모가 큰 운동이다. 또 수업 전후로 샤워하고 머리 말리는 시간, 오가는 시간도 꽤 걸리기 때문에 나 같은 저질 체력 인간이 출근과 더불어 할 수 없는 운동이다.

셋째, 병원 출근을 하면 방송 출연이나 강연, 글쓰기와 같은 일을 병행하기 힘들다.

엄밀히 말하면 나는 '백수'라기보다는 '반 백수'인데, 의사로서 진료는 하고 있지 않지만 방송 출연과 강연 일을 하고 있다. 지난달 기준으로 방송 5회, 기업 강연 1회를 했다. 대본 피드백이나 강연 준비와 같은 일은 차치하더라도 최소 주 1회는 일을 한 셈이다. 병원 근무에 비해 소득은 뽀기 간식값 벌이 정도이지만, TV에 나온 딸 보는 걸 좋아하시는 부모님을 위해 아빠 암 진단 후에도 방송 출연은 계속하고 있다. 하지만 방송과 강연은 병원 근무를 하면서도 틈틈이 해왔던 일이기에 이 역시 의사로서 주 업무인 진료를 하지 않는 것에 대한 온전한 이유가 될 순 없다.

즉, 아빠의 간병을 이유로 일을 그만두었지만 그럴 필요가 없어진 상황에서 '왜 여전히 일을 하지 않고 있는지, 왜 근 시일 내 다시 일할 계획도 없는지'에 대해 쥐어짜 보았지만 다수에게 그럴만하다 공감을 얻을 만한 이유는 없는 게 현 실정이다.

대체 나는 왜 일을 하지 않는가.

일하는 것의 의미를 찾을 수 없기 때문이다.
지금 내게 있어 의미가 없는 일이기 때문이다.
내게 의미 있는 일을 하며 살고자 하기 때문이다.
달리 말하면 일을 하고 있지 않는 지금이 일을 하며 돈을 벌 때보다 행복하기 때문이다.

너무나 감사하게도 집값의 상승과 하락에 신경 쓰지 않고 살 수 있는 내 집이 있고, 큰 빚은 없으며, 맞벌이 때와 달리 남편 혼자 버는 외벌이라고 해서 생활비가 부족한 것도 아니다. 의사로서 한 달 일해 벌 수 있는 돈이 적지 않음을 누구보다 잘 알지만, 기회비용을 고려했을 때도 뽀기와 산책하고 좋아하는 수영을 하며 보내는 시간이 내게 있어 결코 월급보다 싸지 않다. 억만장자도 생로병사(生老病死)의 이치를 피해 영생(永生)할 수 없기에 하기 싫은 일을 하며 꾸역꾸역 버티기에는 나의 매일이 너무 소중하다.

혹자는 나이를 먹으면 나도 일이 하고 싶어질 거라 한다. 하지만 아직까지는 경제적 필요를 넘어 출근하는 내 모습이 상상되지 않는다. 오히려 나이를 먹을수록 내게 남은 시간이 아쉽고 소중해 원하는 일만 하며 살기에도 시간이 빠듯할 것 같다.

비록 아빠의 암 진단을 계기로 일을 그만두게 되었지만, 그렇게 만나게 된 백수의 일상이 너무나 감사하다. 확실한 것은 1년 전 나보다 지금의 내가 더 행복하다. 1년 전만 해도 아빠의 암 진단으로 절망에 빠졌던 내가 1년 후에 이렇게 행복하게 지내고 있으리라곤 상상하지 못했다. 참 인생은 정말 모를 일이다. 정말 모를 일이다.

인생에는 회복의 시간이 필요하다

—

내 속엔 내가 어쩔 수 없는 어둠
당신의 쉴 자리를 뺏고
내 속엔 내가 이길 수 없는 슬픔
무성한 가시나무 숲 같네

〈가시나무〉, 하덕규

유명 기독교 재단 소속 미션 스쿨을 다녔던 나는 고등학생 시절 〈가시나무〉 노래를 만든 가수 하덕규 씨의 간증을 들은 기억이 있다. 다는 기억나지 않지만 마약 중독에서 벗어나 하나님을 만나게 된 과정에 관한 것이었다. 당시 열일곱 여고생의 인생에도 나름의 고민은 있었지만 〈가시나무〉는 인기가수 조성모의 리메이크 히트곡이었을 뿐 '내 속에 내가 어쩔 수 없는 슬픔과 어둠' 이란 게 대체 뭔지, 그런 게 내 안에 자라나 감당할 수 없는 상황이 오게 될지는 도통 알 수 없었다

한동안 '내가 어쩔 수 없는 슬픔과 어둠'에 갇힌 시간이 있었다.

본과 생활을 마치고 막 인턴을 시작할 즈음 시작된 마음의 병은 4년 정

도 나와 함께하다 떠났다.

그 시기 '인턴, 레지던트 수련을 받고 전문의를 따야 할까 말까.' 더 나아가 '의사를 해야 되나, 말아야 되나.' 하는 문제로 아빠와 나 사이 의견 차이가 있었다. 내 편이 아닌 것 같은 아빠가 밉고 원망스럽던 시절이었다. 결사반대를 하며 머리를 싸매고 드러눕거나 한 건 아니지만, 나의 사직을 적극적으로 찬성하지 않았고 이후에도 꾸준히 전문의는 따야 되지 않겠냐는 아빠의 포지셔닝이 방황하던 나에게 상처가 되었다. 마땅히 받아야 할 가족의 지지를 얻지 못했다는 생각에 힘들었다.

본인이 40년 넘게 가장으로서 경제활동을 해보니 젊었을 때 힘들어도 참고 이왕이면 좋은 병원에서 수련받아 당당한 전문의가 되는 것이 훗날 인생을 위해서 좋겠다고 생각한 마음이 90%, 부모로서의 욕심이 10% 정도이지 않았을까 싶다.

아빠는 암을 진단받고 1년도 안 되어 다시 일을 시작했다. 출근을 위해 주말마다 항암 주사를 맞아가며 일하는 상황에도 "일할 수 있어 즐겁다." 라고 말하는 아빠이기에 이제는 아빠가 왜 그랬는지 충분히 이해하지만 당시에는 아빠가 너무 미웠다.

힘들다고 말한 적이 없는 나였다. 삼성서울병원 인턴을 그만뒀다는 소식을 들은 친구들은 매일 반복되는 시험과 힘든 실습 생활에도 한번 힘들다고 한 적 없던 네가 힘들다면, 그것도 죽을 만큼 힘들다면 그만하는 게 맞다 했다. 자랑이지만 본과 시절 수많은 시험에서 1등을 놓치지 않았다. 공부와 시험은 기계처럼 해냈다. 학교 실습은 유난히 빡센 걸로 유명

했고 학생은 병원 인력으로 동원됐다. 밤늦게까지 수술방 인력으로 쓰였고 명절에도 응급실 근무를 해야 했다. 그래도 대부분의 과정에서 친구들보다 덜 힘들어했고 잘한다 소리를 들었다.

그런 내가 어디가 고장이 났는지 도저히 힘들어 버틸 수가 없었다. 새벽 4시 병원으로 가는 택시 안에서 제발 교통사고가 나서 모든 것이 끝나길 빌었고, 당직 날 새벽 콜을 받고 계단을 내려가며 '여기서 어떻게 굴러야 깔끔하게 삶을 끝낼 수 있을까?' 고민했다. 오프 시간에도 먹지도 자지도 못하던 나는 인간 좀비가 되어갔다. 정말 이대로 있다간 죽을 것 같아서, 내가 나를 어떻게 할 것만 같아서 힘들게 내린 결정이었다.

세세하게 내 아픔에 대해 말하지 않아도 괜찮다고, 수고했다고, 의사가 아니어도 넌 내 소중한 딸이라고 (이미 의사면허증을 땄기에 병원을 퇴사를 해도 의사였지만)– 말해주지 않는 아빠가 원망스러웠고 그 마음은 꽤나 오래 남았다.

나에 대한 아빠의 사랑을 의심했다. 그래서 화가 났던 것 같다.

'내가 죽어도 괜찮은 거야? 부모가 돼서 무조건적인 사랑을 줄 순 없는 거야?'

이 정도로는 충분하지 않냐고. 더 잘나가는 의사가 돼서 아빠 기준에 만족할 만한 의사가 돼야 자랑스러운 딸이 될 수 있는 거냐고 따지고 싶었다.

이후에 결국 내 의지로 서울대병원에서 레지던트를 하고 전문의를 따게 되었지만, 과정에 아빠가 의사로서의 나와 남편에게 관심을 갖는 모든 것에(예를 들어, 서울대병원 전공의 합격 발표를 확인한다든가, 병원 일은 어떠냐는 의례적인 질문에도) 날 서고 가시 돋친 말이 나갔다.

전문의가 된 후 꽤 시간이 지났음에도 불구하고 상처받은 마음은 불쑥불쑥 고개를 내밀었다.

아빠가 아프다고 해서 그때 내가 받은 상처가 처음부터 아예 존재하지 않은 것처럼 사라진 것은 아니다. 여전히 그때를 생각하면 아프다.

하지만 아빠를 사랑하는 마음에 주고받은 상처로 난 흠이 있는 것은 아니다.

아빠에 대한 나의 사랑은 온전하다. 이제는 아빠가 나를 사랑하는 마음도 온전하다 믿는다.

상처를 주고받은 사이라고 해서 덜 사랑하는 것은 아니다.

아픈 시간이었지만 돌아보면 얻은 것이 많은 시간이었다. 인생을 살다 보면 마음을 다잡고 노력을 해봐도 힘든 일이 있다는 사실과 그런 시기를 보내고 있는 타인을 이해하고 기다려 주는 법을 배웠다. 이른 나이에 남들과 비교하지 않고 내면의 행복에 집중하며 살 수 있게 되었고, 나도 모르게 아주 오래전부터 자리 잡고 있던 내 안의 불안과 슬픔을 이해하고 다룰 수 있게 되었다. 이전보다 더 행복한 내가 되었다. 상투적이지만 '전화위복'이라고 해야 하나.

아빠에게도 암 진단이 '전화위복'이 될 수 있길 바란다. 내가 그랬듯 아빠도 지금의 위기를 이겨내고 더 행복해질 것이다. 반드시 그럴 것이다.

그리고 그 여정에는 언제나 내가 함께하며 응원할 것이다.

학습된 외향형 인간의 고충

요즘 유행하는 MBTI보다는 혈액형이 더 친근한 나이지만 MBTI에 빗대어 말하자면 나는 'E를 가장한 I', 그러니까 '외향형(E)을 가장한 내향형(I) 인간'이다. 철저히 학습된 E를 연기하는 I라고나 할까.

방송이나 강연처럼 남들 앞에 서는 일을 별 긴장 없이 해낸다. 처음 보는 사람과의 만남이나 회식 자리에서도 자연스럽게 대화를 주도한다.

"넌 두루 친하잖아. 난 네가 ㅇㅇ이랑 친한 줄 알았어."

종종 듣는 말이지만 진실은 다르다.

나란 사람은 웬만하면 직접 만나는 약속은 피하고 싶은 소문난 집순이다. 혼자만의 시간과 공간에 집착하고, 수영을 좋지만 혹여 다른 회원이 말을 걸까 싶어 초고속으로 씻고 머리도 안 말리고 집에 가는 인간이다.

오히려 남편은 언뜻 보면 말수도 적고 내성적인 것 같지만 사람 만나는 일에 딱히 스트레스를 받지 않고 남들과 어울리는 걸 좋아한다. 남편은 어릴 적 친구들과의 관계에서 딱히 리더는 아니었지만, 친구들과 어울리는 건 너무 좋았단다. 오랜만에 집에 오신 삼촌이 '용돈을 줄 테니 춤춰봐라.' 하면 엉엉 우는 아이였지만, 삼촌을 비롯해 친척들이 집에 오는 날을 손꼽아 기다렸다고 했다.

반면 나는 만년 반장에 누가 봐도 애들 사이 리더였지만, 친구들과 노는 것보다 혼자 책 읽는 게 더 좋은 아이였다. 친척 어른이 재롱을 요구하면 마치 준비되어 있었다는 듯 춤과 노래를 곁들인 공연을 성공리에 해내고 마는 아이였지만, 어린 나이에도 인간관계에 기가 빨리는 타입으로 손님의 방문이 달갑지 않았다. 겉보기와 내면이 너무 다르다 보니 나를 오랜 시간 깊이 알고 지낸 사람이 아니고서는 진실을 알지 못했다.

이런 나의 '외향형 인간를 연기하는 역사'는 유치원 시절까지 거슬러 올라간다.

춤 실력이 뛰어났던 나는 학예회 담당 선생님에게 캐스팅되어 캉캉춤, 산 할아버지, 부채춤까지 원생 중 가장 많은 무대를 소화해야 했다. 밖에서는 자타 공인 '유치원 인싸'였지만, 집에서는 종일 책 읽고 색칠하고 종이 인형과 노는 혼자만의 시간을 즐기는 아이였다.

학창 시절에는 특이한 이름과 뛰어난 성적으로 새 학년의 시작은 늘 임시 반장 직함과 아이들의 주목을 받으며 시작했다. 그러다 보니 나는 상대를 모르지만 상대는 나에 대해 잘 알고 있는 곤란한 상황을 지속적으로 마주할 수밖에 없는 '동네 셀럽의 삶'을 살았다.

지금도 TPO에 맞춰 외향형 인간의 페르소나를 충실하게 수행하며 살고 있지만, 사람들과 만남보단 집에서 책 읽고 라디오 듣는 혼자만의 시간에 정신적 에너지를 충전 받으며 산다. 내게 있어 '지구상에 존재하는 함께 있을 때 제일 편한 사람'은 남편인데, 그런 남편조차도 퇴근 후 잠시일지라도 아내 혼자만의 시간과 공간을 내어 주어야 한다. (자기 전 나

홀로 책을 읽거나 하루를 정리하며 다이어리를 쓰는 시간이 필요하다.)

즉, 굳이 정의하자면 나는 '내성적이지는 않지만, 내향형의 인간'인 것인데, 이런 나의 성향이 의사라는 직업인으로 살아갈 때 큰 직업적 스트레스로 작용했다.

사실 의사라는 직업은 어떨 땐 하루에 백 명도 넘는 사람을 만나는 직업인데, 이 직업을 선택함에 있어 나의 이런 성향이 직업 만족도에 있어 이리도 중요하게 작용할지 전혀 예상치 못했다. '피를 무서워하지 않는가?' 같은 이제 와 생각해 보면 별 시답지 않은 고민은 했지만 (막상 전공을 정하고 나면 수술과나 응급의학과가 아닌 이상 의사로 일하며 피를 볼 일은 별로 없다. 가정의학과인 나 역시 마찬가지다.) '사람과의 만남에 스트레스를 받는 내가 과연 의사에 적합한가?'라는 매우 중요한 문제는 고민해 본 적도 없었던 것이다. 적성에 맞는 직업을 선택함에 있어 큰 실수를 저질렀다.

물론 나에게는 평생에 걸쳐 갈고닦아온 '외향형 인간을 완벽히 연기하는 능력'이 있었기에 일하는 동안 남들은 이런 속내를 눈치채지 못했다. 그러는 동안 숨겨진 나의 내향형 자아는 스트레스에 시름시름 앓고 병들어 갔다. 지킬 앤 하이드와 같은 내면의 충돌이랄까. 특히 마지막 근무했던 병원에서는 기독교적 친목 모임과 은근한 참석 강요가 있었고, 환자-의사의 관계에서 '정확한 진료와 과학적 근거에 기반한 치료'보다는 '기도와 사적인 유대 관계 맺음'을 더 강조하는 분위기가 있어 견디기 힘들었다.

외향적인 나도 내향적인 나도 모두 나지만, 적절한 비율로 마주하며 살고 싶다. 충분히 혼자만의 시간을 즐기고 약간은 부담스럽지만 때로는 설레는 타인과의 만남도 가지면서 적정 비율을 유지한 채 살아가고 싶다.

일을 그만둔 요즘의 나는 그 적정 비율을 찾은 것 같다.

너무 쓰지도 싱겁지도 않은 최적의 비율을 가진 소맥처럼. 요즘 내 삶이 맛있다.

내가 사랑하는 공간, 나의 집

—

나는 공간이 주는 힘을 맹신하고 나만의 공간을 무척이나 중요시 여기는 사람이다.

여기서 '나만의 공간'이란 단순히 나 혼자 존재하는 공간, 나 혼자 사용하는 공간이 아니라, '그 공간의 기운이 나를 둘러싸면 내 감정과 기운이 원하는 방향으로 변하는 곳' 정도로 정의할 수 있겠다.

어떤 공간은 내가 완전히 릴랙스한 채로 휴식할 수 있게 해주고, 또 다른 공간은 내가 집중해서 일할 수 있게 해준다.

요즘은 카공족이 사회적 이슈가 될 정도로 많다는데 나에게는 우리 집이 카페 못지않다. 이 책의 대부분 역시 집에서 쓰였다.

맞바람이 드는 우리 집 바람길에 샌달우드(sandalwood) 향의 인센스를 피워놓고 유튜브 뮤직의 도움을 받아 선곡한 재즈 음악에 타자 치는 소리까지 더해지면 마치 내가 베스트셀러 작가라도 된 듯한 기분에 빠져든다.

예전부터 공간을 꾸미는 일에 관심이 많았다. 반려견을 키우기 전에는 미니멀 인테리어로 집을 갤러리처럼 꾸미고 살았다. 새하얀 벽지에 최소한의 가구만 두고 공간의 여백을 즐겼다.

그런데 공간을 꾸미는 일에 있어 가구나 벽지 같은 인테리어도 중요하지만 그보다 더 중요한 게 있다.

공간을 채우고 있는 '향기, 배경음악과 소리, 햇빛과 조명, 창과 바람'이 무엇보다 중요하다.

나는 냄새에 민감하고 향에 집착하는 편인데 몸에 뿌리는 향수도 중요하지만 공간을 채우는 향을 더 중시한다.

우리 집에는 각종 아로마 오일과 디퓨저, 아로마 램프, 인센스와 향초와 같은 향과 관련된 물건들이 한가득이다. 약간 기분을 업 시키고 싶을 땐 상큼한 시트러스 향에 상쾌한 민트 향을 섞어 아로마 오일을 피우고, 글을 쓰거나 명상을 할 때는 일명, 절간 향이 나는 샌달우드 향의 인센스를 피워 차분한 분위기를 연출한다. 요즘 인센스는 나와 뽀기의 폐 건강을 위해 예전만큼 자주 피우지는 않지만 집의 모든 창문을 열어 바람길을 열어 주고 향을 피우면 공간의 분위기를 180도 바꾸는 데 아주 효과적이다.

공간을 채우는 소리 역시 중요하다.

평범했던 공간도 멋진 클래식 음악이 더해지면 우아한 분위기로 바뀌고, 느낌 있는 재즈 연주를 틀면 체코에 머무는 동안 매일 갔던 프라하 재즈 클럽에 온 듯한 착각에 빠진다.

중학교 시절 라디오를 들으며 공부하던 습관으로 시작된 나의 라디오 사랑은 지금도 여전하다. TV나 유튜브, 넷플릭스 같은 영상을 보고 나면 왠지 인생의 소중한 시간을 낭비한 것만 같은 죄책감과 더불어 에너지가 소모된 느낌이 든다. 반면에 라디오를 들으면 영혼이 충전되고 힐링된 듯한 느낌이 든다.

학창 시절 양호실에 가면 흘러나오던 조용한 라디오 소리와 가습기가 뿜어낸 조금은 습하고 따뜻한 공기. 뻔히 꾀병인 줄 알면서도 잠깐만 누워 있다 가라고 모른 척 받아 주시던 양호 선생님이 만들어낸 공간의 나른한 무드. 그 공간이 좋아 자꾸만 양호실을 찾았던 때가 있었다.

내게 있어 음식도 맛보다도 분위기다. 공간이 맘에 들면 특별히 맛있지 않은 음식도 만족스러운 식사가 되고, 아무리 맛있는 음식도 공간의 분위기가 별로면 맛없게 느껴진다.

이런 나에게 '병원'이라는 공간은 얼마나 불행한 곳인가.

레지던트 시절 당직실에서 지내다 보면 공동의 공간에서 씻고 자는 것에 익숙해져야 한다. 거기까진 적응했다 해도 병실에 들어가는 순간 코를 스치는 약 냄새와 음식 냄새, 배변 냄새가 뒤섞인 불쾌한 냄새는 '병원=불쾌한 곳'이란 생각을 나의 뇌리에 박히게 했다.

기분과 에너지가 머무는 공간에 많은 영향을 받는 사람이다 보니 병에 걸렸을 때 다른 무엇보다 병원이라는 공간에서 지내야 한다는 사실이 너무나 두렵다. 특히나 다른 사람들과 공간을 공유해야 하는 다인실에 입원해 지내는 것은 상상만 해도 끔찍하다.

서울대병원에는 비교적 최근에 건축된 암 병원과 오래된 본관 건물이 있다. 그중 암 병원에 있는 단기 항암 병동은 시설도 깨끗하고 짧게 입원해 항암 주사만 맞고 퇴원하는 곳이라 주변 환자들 컨디션도 좋은 편이다. 따라서 경쟁이 치열해 여간해선 병실이 잘 나지 않는다. 입원이 필요했던 선항암치료 기간 동안 아빠는 하는 수없이 주로 본관 병실에 입원했다.

첫 입원하던 날도 아빠는 본관 9층에 병실이 배정됐다.

엘리베이터에서 내리는 순간 나는 그곳이 내 레지던트 시절 파견을 나와 당직을 서던 곳이라는 걸 깨달았다.

코로나로 인해 보호자는 한 명만 상주 가능해 나는 병동 안으로 들어갈 수 없었다. 애써 밝은 척하며 엄마 아빠와 병동 문 앞에서 인사를 나누고 뒤돌아선 순간 주체할 수 없는 눈물이 주룩주룩 흘러내렸다.

남편에게 전화 걸어 본관 9층이 얼마나 끔찍한 곳인지 전하며 병원 복도에서 소리 내어 울었다. 컨디션이 좋지 못한 환자들과 이로 인한 소음들–모니터링 기계 소리, 신음 소리, 카트 바퀴 굴러가는 소리, 종종 누군가의 심장이 멈춰 의료진 수십 명이 달라붙어 심폐소생술을 진행하는 소리까지.

늘 코끝을 맴도는 불쾌한 냄새. 낡고 우중충한 인테리어. 창가 자리가 아니면 바람과 햇빛이 전혀 들지 않는 구조.

무엇이 더 끔찍한지 우열을 가릴 수 없는 이유들을 열거하며 오열했다.

이런 끔찍한 공간에 부모님을 남겨 두고 가야 하는 참담한 심정은 이루 말할 수 없이 힘들었다.

'차라리 내가 대신할 수 있다면….'

나는 이미 경험해 본 곳이니 내가 대신할 수 있다면 무엇이라도 하고 싶었다.

첫 입원을 시작으로 12월 수술을 받게 되기 전까지 아빠는 반년이 넘는 기간 동안 2주에 한 번, 3-4일 정도 입원해 항암 주사를 맞아야 했다.

1인실은 절대 싫다는 아빠와 1인실도 포함해서 병실 신청을 하자는 나의 입장 차이가 있었고, 치료 초반에는 이 문제로 아빠와 꽤나 다퉜다.

'1인실에도 급이 있어 하루 수백만 원 드는 특실까지는 어렵겠지만 하루 30-40만 원 정도 드는 병실료는 내가 충분히 부담할 수 있다. 다른 사람이 있으면 같이 있는 엄마도 너무 불편하다. 같은 입원이라도 엄마 아빠가 1인실에서 지내는 게 자식으로서 내 맘이 훨씬 편하다. 그 정도 비용은 치를 만하다'는 게 내 입장이었고,

'2주 간격 3박 4일 입원이면 병실료만 한 달에 2백만 원이 넘는데 돈이 너무 아깝다. 그럴 만한 가치가 없다'는 게 아빠 입장이었다.

결국 논쟁 끝에 아빠와 절충한 것이 2인실이다.

아이로 인해 반복된 입원 생활을 해 본 친구의 표현을 빌리자면 2인실은 복불복이라 같이 지내는 사람에 따라 어떨 때는 6인실보다 불편한 상황이 연출되는 곳이다. 실제로 있는 듯 없는 듯한 환자를 만나 무난히 지내고 나오기도 했지만, 때로는 극도로 예민한 환자를 만나 고생했다. 한낮 작은 소리도 내지 못하게 눈치를 주고는 밤새 심각한 코골이로 엄마 아빠를 뜬 눈으로 지새우게 했던 환자도 있었다.

요즘 아빠는 입원 없이 일주일에 한 번 주사치료실로 간다. 1시간 정도 소요되는 주사를 맞고 귀가하면 되는 치료라 내 마음이 훨씬 편하다.

힘든 시간을 이겨내 준 아빠와 함께 한 엄마. 두 분 모두 씩씩하게 견뎌주셔서 너무나 감사하다.

더불어 요즘 나는 출근 없이 '내가 사랑하는 공간, 나의 집'에 길게 머무는 백수의 삶을 살고 있음에 감사한다.

매일이 감사한 일로 가득한 요즘이다.

타고난 아침형 인간도 출근을 위한 아침은 괴롭다

—

나는 흔히 말하는 아침형 인간이다.

출근을 하던 시절에도 주말 아침 9시까지 잔다면 이례적으로 늦잠을 잔 날이고, 백수가 된 지금도 웬만한 출근하는 사람들보다 일찍 일어난다.

아침형 인간으로 살고 있고 아침형 인간의 삶을 지향한다. 다행히 지향하는 바를 실천하며 사는 것이 그리 어렵지 않다. 타고난 아침형 인간인지라 굳이 알람을 맞춰 놓지 않아도 때가 되면 눈이 떠지고 오전 시간에 컨디션도 일의 집중력도 좋다.

일찍 일어나는 것이 너무 힘든 사람. 아침 시간에는 도저히 일의 효율이 나지 않고 밤만 되면 정신이 또렷해지는 사람. 그런 올빼미형 인간이 억지로 아침형 인간의 삶을 살고자 한다면 얼마나 괴로운 일인가. 감사하게도 나의 멜라토닌 호르몬이 하루 24시간 일일 주기에 맞춰 잘 작동해 주는 덕분에 나는 해가 뜨면 자연스럽게 눈이 떠지고 해가 지면 자연스레 잠이 온다. 따라서 요즘같이 해가 일찍 뜨는 여름에는 겨울보다 한두 시간 정도 더 일찍 눈이 떠진다.

이런 나조차 출근을 위해 아침에 일어나는 일은 힘들었다.

정해진 알람이 울리기 전 미리 눈이 떠져도 '남아 있는 시간까지 꾸역꾸역 더 자고 말리라!' 하는 마음으로 다시 잠을 청했다. 끝은 늘 듣기 싫은 알람 소리에 화들짝 깼다. 찌뿌둥한 몸과 마음으로 하루를 시작했다.

잠을 더 자고 싶은 것이 아니라 출근하는 것이 싫어서 아침에 일어나기 힘들었다.

눈을 뜨면 설레고 즐거운 하루가 펼쳐지는 것이 아니라 하기 싫은 일을 해야 하니 본성이 아침형 인간이라고 한들 도리가 없었다.

'미라클 모닝'(아침 시간을 이용해서 명상, 독서, 운동과 같은 활동을 규칙적으로 실천하는 것. 할 엘로드의 저서 『미라클 모닝』으로 시작되어 자기 계발 등의 목적으로 미라클 모닝을 실천하고 있는 사람들이 전 세계적으로 많다.) 관련 서적을 봐도 내일 있을 설레는 일을 생각하며 잠자리에 들면 다음 날 아침 기상이 쉬워진다고 써 있다. 또 아침 시간에 좋아하는 일(예를 들어, 맛있는 모닝커피를 마시기!)을 계획해 놓으면 아침 일찍 기상하는 데 도움이 된다고 했다.

생각해 보면 너무 당연한 이야기다. 소풍 가는 날 아침에는 엄마가 깨우지 않아도 저절로 눈이 떠졌다. 인생이 우울하고 새로운 하루의 시작이 버거울 때는 아침에 눈 뜨는 일이 그저 끔찍했다.

지금은 출근할 때보다 훨씬 일찍 일어나는데도 아침 기상이 전혀 힘들지 않다.

듣기 싫은 알람 소리 없이 자연스레 잠에서 깨어 상쾌한 아침을 맞이하는 인생은 얼마나 아름다운가!

방송이나 아빠 외래 진료와 같은 특별한 일이 없는 날의 아침과 오전 시간은 보통 다음과 같다.

아직 자고 있는 남편이 깨지 않도록 조용히 일어나 전날 미리 떠놓은 물을 마신다. 수분이 충전되며 기운이 돈다.

화장실에 갔다가 창밖의 날씨를 확인한다. 날이 맑으면 맑은 대로 기분이 좋고 비가 오거나 눈이 오면 그 또한 좋다. 출근길 혼잡 걱정 없이 날씨를 즐길 수 있음에 감사한다.

간단한 스트레칭을 하고 의자에 앉는다. 명상을 하기 위해 꼭 가부좌를 틀고 바닥에 앉을 필요는 없다. 무릎이 좋지 않은 사람은 의자에 앉아서 해도 충분하다. 10분 남짓 명상 시간을 갖고 글을 쓰거나 책을 읽는다. 고요한 분위기 덕에 집중이 잘된다.

하다가 커피와 요거트 같은 간단한 음식을 먹는 것 역시 큰 즐거움이다. 전날 새벽 배송으로 먹고 싶은 빵이나 샐러드를 시켜 놨다면 더욱 신난다.

나의 위장이 충분히 준비된 시간에 먹고 쌀 수 있는 인간다운 삶!

일을 할 때는 전혀 배고프지 않아도 이때 먹을 시간적 여유가 없을 것을 대비해 억지로 먹어야 할 때가 많았다.

그리고 집 밖에서 화장실 가는 걸 꺼리는 나로서는 출근 전 때를 놓치면 그날의 배변 활동은 건너뛰기 일쑤였다.

그럴 때면 인간으로서 기본권을 보장받지 못하는 삶을 사는듯했다.

뽀기 산책과 수영까지 다녀오면 어느새 오전이 지나간다.

일찍 일어나기에 기상 후 정오까지 시간이 꽤나 충분함에도 좋은 시간은 유달리 빨리 지나간다. 출근해서 퇴근 전까지 유난히 시간이 느리게 흐르던 때와는 딴판이다.

시간이 아쉽다. 특별한 일 없이도 특별하게 행복한 요즘이다.

백수 일상

백수지만 알찬 인생!

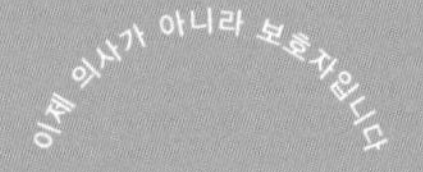
이제 의사가 아니라 보호자입니다

애 없이 개만 키우는 여자

—

반려견 뽀기와 산책을 나가기 위해 아파트 엘리베이터를 탔는데 먼저 타고 내려오시던 할머니께서 말을 거신다.

할머니: 5층 사는 새댁이여? 강아지가 예쁘게 생겼네!

나: 네, 감사합니다.(목례)

할머니: 신랑은 있어?

나: 네.

할머니: 애는 있고?

나: 아니요.

할머니 : 애도 안 낳고 개만 키워?!!!

나: 네.

할머니 : (옆 사람에게) 애도 안 낳고 개만 키운댜~~~~

할머니는 그 뒤로도 한참을 나와 뽀기 뒤를 따라오시며 지나가는 사람들에게 "애도 안 낳고 개만 키운댜~~~~"라며 내 신상을 아파트 주민들께 홍보해 주셨다. 아들을 낳지 못하면 소박맞는 시대를 겪은 분이기에 그분 입장에서는 내가 신기할 수도 있겠다 싶다.

결혼은 했지만 아이가 없다고 하면 딩크족이냐는 말을 종종 듣는다. 개별적인 삶을 하나의 카테고리에 몰아넣는 걸 별로 좋아하지 않을 뿐더러 뭔가 거창한 신념을 갖고 아이 없는 삶을 선언한 것이 아니라 딩크족이라는 단어는 어쩐지 꺼려진다. 자식을 낳지 않기로 한 건 남편과 함께 산 10년이 넘는 세월 동안 자연스럽게 결정된 일이다.

그저 '지금은 아이를 갖고 싶지 않다. 앞으로의 일은 모르겠다. 근 시일 내에는 아이 가질 계획은 없다.' 정도의 입장을 취한 채로 시간이 흘렀다. 내 인생에서 애를 낳고 양육하는 일은 없다고 확실하게 결정한 건 불과 1~2년 정도밖에 되지 않았다.

우리 부부가 자녀 없는 삶을 살기로 결심하게 된 결정적인 이유는 두 가지가 있다.

첫째로, 내 입장에서 더 이상 누군가를 책임지고 부양하고 싶지 않다.

레지던트 시절에는 '지금은 너무 바빠서 임신 출산 생각이 없을 뿐 전문의가 되고 여유가 생기면 아이를 낳고 싶어질 수도 있지 않을까?' 싶었다. 그래서 당시엔 출산 계획에 관한 질문에 '모르겠다. 지금은 생각이 없지만 나중에는 달라질 수도 있지 않겠나.' 정도로 답했다. 오히려 전문의가 되고 나니 생각이 확실해졌다.

이제야 찾은 시간적, 경제적 여유를 포기할 수가 없다!

아이가 성인이 되고 나의 지원 없이도 제 몫을 하며 살게 될 때까지 내가 쏟아야 할 시간과 에너지를 생각하면 절대 거절이다.

아빠의 암 진단 후 '내게 애가 없어 참 다행!'이라는 생각을 다시금 했다. 만약 돌봐야 할 애가 있었다면 아빠에게 언제든 달려갈 수 있는 여건이 되지 않았을 것이다.

아이가 없으면 나이 먹고 후회한다는 말도 하던데, 확실하지 않은 미래의 행복을 위해 현재의 보장된 행복을 포기하고 싶지 않다.

대단치는 않더라도 나름 안정된 사회적 지위, 경제적 풍요, 시간적 여유를 갖춘 지금의 삶을 이루기 위해 부단히도 열심히 살았다.

여기까지 오는 데 충분히 수고한 나 자신에게 미래에 생길지도 모르는 후회를 방지하기 위해 최소 20년은 보장된 양육자의 임무를 수행할 차례라고 차마 할 수가 없다.

둘째로, 아이 입장에서 생각했을 때 이제 와 부모가 되기엔 우리 부부 나이가 너무 많다.

출산이 늦어지다 보니 주변에 아이가 성인이 되기도 전에 부모가 환갑을 넘기는 게 예정된 경우가 흔하다.

"넌 아직 마흔도 안됐는데 아직 늦지 않았다." 라는 말에 '애 입장에서도 과연 아직 늦지 않았는지' 반문한다.

남편은 이미 마흔이고 나도 내일모레면 마흔이다. 아이가 대학 졸업할 즈음이면 우리는 환갑이 넘는다. 아이가 평생의 반려자를 만나 사회경제적으로 안정을 이룰 때까지 계산하면 우리 부부의 건강에 위기가 찾아올 만한 나이이다.

나의 부모님은 동갑내기이고 이십 대에 언니와 나를 낳으셨음에도 '부모님의 시간은 기다려 주지 않는다'는 말을 실감하는 요즘이다.

지금 나는 부모의 보살핌 없이도 살아갈 수 있는 능력을 갖춘 성인이고 든든한 남편이 있음에도 불구하고 아직 엄마 아빠가 없는 빈자리는 상상조차 힘들다.

지금 나보다 훨씬 이른 나이에 부모의 老(노), 病(병), 死(사)를 마주할 아이들을 생각하면 마음이 안타깝다. 나의 아이에게 그런 슬픔을 안겨주고 싶지 않다.

아빠가 아프시고 난 후 더욱 확실해진 것이 있다. '부모가 아이에게 줄 수 있는 최고의 선물은 자식 곁에 오래 함께해주는 것'이란 점이다. 비록 인간의 수명이라는 게 뜻대로 결정할 수 있는 문제는 아닐지라도, 이미 확률적으로 높게 발생할 것이 예상되는 불행을 아이에게 넘겨주고 싶지 않다.

그 외에도, 혼자만의 시간과 공간을 중요시하고 소음에 민감한 나이기에 육아는 정신 건강에 해로울 것이다. 아이의 학습능력이 떨어지거나 학업성적이 좋지 않았을 때 나로서는 전혀 이해하지 못할 것 같다. 아이가 학교 폭력이나 인터넷, 스마트폰 앱을 통한 범죄에 노출될 위험이 염려스럽다. 1970년대 40억 명이던 전 세계 인구가 80억 명을 돌파했고 2050년대에는 100억 명을 넘어설 것으로 예측된다. 대한민국 국가적으로 생각하면 안타까운 일이지만, 전 지구적으로 생각했을 때는 무출산이 환경에 기여하는 일이다.

여기서 더 이야기하면 마치 내가 아이 없는 삶을 권장하는 것처럼 오해를 살까 염려스럽다.

나의 경우는 아이 없는 내 삶이 꽤나 만족스럽고 우리 부부 둘만으로도 온전히 행복하다 느낀다. 그렇지만 자식이 없기 때문에 내 삶이 행복한 건 아니다.

본인 인생에 대한 만족도나 행복 여부가 자식의 유무만으로 결정되는 건 결코 아니다. 자식이 없는 삶도 행복하거나 불행할 수도 있고 자식이 있는 경우도 마찬가지다.

암 환자의 삶도 행복하거나 불행할 수 있고 아픈 가족이 있는 삶도 마찬가지다. 비슷한 조건이라도 마음먹기에 따라 행복한 삶을 살 수도, 불행한 삶을 살 수도 있다.

때론 자신의 결정이 옳았다는 확신을 남들과의 비교를 통해 얻고자 하는 이들이 있다.

아이를 낳는 행복은 다른 것과 비교할 수가 없는 거라며 나의 임신과 출산에 대해 불편한 훈수를 두던 언니가 있다.

"엄마 통화하게 가만히 좀 있어봐! 제발 좀!"

다른 것과 비교할 수 없는 행복을 얻었다는 그녀의 수화기 너머 상황은 내가 생각하는 행복과는 거리가 멀어 보였다.

생명을 낳고 기르는 건 대단히 가치 있는 일이며 아이가 주는 행복은 형언할 수 없겠지만, 나는 그저 이번 생에 그런 삶과 그런 행복은 원하지 않는다.

각자가 원하는 삶, 행복하다고 여기는 삶이 다를 뿐이고 우리 부부는 아이가 없는 삶이 주는 행복을 택한 것뿐이다.

내 강아지, 뽀기

—

"오도독 오도독."

새벽에 소리가 나 눈을 떠보니 뽀기가 무선 이어폰을 씹고 있다.

요 며칠 내 귀에 꽂혀 있는 에어팟에 관심을 보이더니 결국 내가 잠든 사이 야무지게도 씹어 놓았다. 본인이 망가뜨린 게 수십만 원짜리인 줄도 모르고 마냥 해맑은 눈으로 바라본다.

'그래. 네가 뭘 알겠니.'

이어폰을 귀에 꽂고 잠든 나 자신을 탓해본다.

뽀기는 나의 강아지.

이제 막 한 살을 넘긴 암컷 비숑이다.

'행복이, 축복이.'의 줄임말로 '복이 → 보기 → 뽀기'라 이름 지었다.

뽀기는 작년 아빠가 암 진단을 받고 내가 일을 그만두게 되며 입양하게 되었다.

당시에는 아빠가 심한 항암 치료 부작용을 겪을 걸 예상해 우리 집 방 하나를 아빠 방으로 꾸미고 함께 지낼 계획이었다. 강아지가 있으면 아빠랑 함께 산책도 하고 나도 아빠도 덜 우울하지 않을까 싶어 급하게 데려오게 된 것이 뽀기였다.

성급한 결정 같아 보여도 강아지를 키우고 싶은 내 마음은 이미 수십 년이 됐으니, 아빠의 암 진단과 나의 퇴사를 계기로 내 오래된 소망을 실현한 것이기도 했다.

어릴 적부터 강아지를 좋아했던 나는 '전 과목 100점을 맞으면 받고 싶은 선물'에 항상 강아지를 원했다. 하지만 결벽증이 있는 엄마에게 절대 무리였기에 약속은 늘 지켜지지 않았다.

독립을 하고 난 후 강아지를 기를 수 있는 내 공간과 경제력이 생겼지만 맞벌이, 심지어 인턴, 레지던트를 하며 집이란 며칠에 한 번 들어와 잠만 자는 공간에 불과한 우리 부부에게 반려견을 키운다는 것은 상상할 수 없는 일이었다.

이후에 전문의를 취득하고 시간적 여유가 생긴 후에도 선뜻 용기를 내지 못했다. 반려견 입양이라는 결정의 무게가 얼마나 크고 무거운 일인지 내가 잘 모르고 있다는 남편의 만류가 있었다.

수의대와 의학전문대학원을 졸업한 남편은 의사이자 수의사이다. 응급의학과 전문의 중에 수의사 면허를 가지고 있는 사람은 대한민국에 남편 한 명뿐이지 않을까 싶다.

남편은 강아지를 키우면 할 일이 정말 많고, 맘 편히 여행도 못 가며, 대소변 실수는 기본이기 때문에 위생과 냄새에 민감한 내가 감당하기 어려울 거라 했다.

그리고 무엇보다 강아지 수명은 인간보다 짧기에 반려견이 늙고 병들면 그 슬픔을 감당하기 어려울 거라 했다.

나는 일이 많겠지만 기꺼이 할 수 있고, 요즘은 반려견 동반 시설이 잘

되어 있으니 여행은 같이 가거나 반려견 호텔 같은 곳에 돈을 주고 맡기고 가면 될 일이며, 대소변은 훈련을 하면 된다고 반박했다.

또 반려견이 나보다 먼저 늙고 죽는 일은 물론 슬프겠지만 충분히 감당할 수 있다고 했다.

그때 나는 몰랐다. 정말 아무것도 몰랐다.

남편이 나를 겁주는 거라 생각했던 경고는 실제로 반려견을 키우게 됐을 때 감당해야 할 문제를 최대한 순화해서 말해준 것이었다.

강아지를 키운다는 것은 하루 두 번의 산책 외에도 먹이고, 씻기고, 빗기고, 놀아주고, 훈련하고, 감시하는 스케줄을 거의 온종일 소화해야 하는 삶이다.

그리고 아무리 반려견 동반 식당, 동반 카페, 애견 카페, 애견 놀이터 같은 곳이 많아졌다 한들 반려견을 데리고 외출하는 것 자체가 일이다. 우리끼리 외출할 때는 휴대폰만 챙겨서 나가면 되지만 뽀기와 함께 멀리 외출하려면 뽀기 물통, 뽀기 간식, 뽀기 이동 가방, 뽀기 전용 물티슈까지 뽀기 짐만 한가득이다.

거기에 카페나 식당에서 우리도 뭐라도 먹으려 하면 뽀기도 먹고 싶다고 성화니 음식이 코로 들어가는지 입으로 들어가는지도 몰라 서둘러 나오기 일쑤다.

뽀기도 한 살이 되기 전에는 다른 강아지나 낯선 곳에 대한 호기심이 많아 애견 카페며, 반려견 놀이터며 꽤나 여기저기 데리고 다녔는데, 이제는 관심도 없고 불편해하는 것이 느껴져 잘 데리고 가지 않는다.

고로 우리 부부도 뽀기와 함께 집콕 신세다.

집에 두고 우리끼리 외출할 수도 있겠지만 뽀기 혼자 놔두고 싶지 않기에 주말에도 남편과 둘만의 긴 시간 외출은 꿈도 못 꾼다. 뽀기는 분리 불안이 없지만 내가 뽀기에게 분리 불안이 생긴 것 같다.

겁이 많고 순해서 다른 강아지들에게 치이기만 하는 뽀기를 반려견 호텔 같은 곳에 맡긴다는 것은 상상할 수도 없다. 강아지를 키우면 맘 편히 여행도 못 간다는 남편의 말이 맞았다. 돈으로 해결할 수 있다는 생각은 나의 착각이었다.

하지만 무엇보다 큰 착각은 나의 강아지가 늙고 병들어 세상을 떠나는 슬픔을 내가 감당할 수 있을 것이라 여긴 것이다.

강아지를 좋아하긴 하지만 '개는 개일 뿐이고 모든 생명은 유한한 것이 우주의 진리'이니 슬프긴 하겠지만 감당할 수 있을 거라 생각했다. 의사로서 사람의 죽음은 수도 없이 경험했기에 반려견의 생로병사 역시 흘러가는 대로 받아들일 수 있을 거라고 착각했었다.

어리석고 오만했다. 뽀기는 이제 겨우 한 살이 넘었지만 벌써부터 다가올 이별이 두렵다. 상상조차 힘들다.

나의 강아지. 언제나 내게는 아기 같은 내 강아지.

우리 부부에게 아이는 없지만, 뽀기를 키우며 아이를 낳고 기른다는 것이 이런 느낌일까 싶은 적이 많다. 너무 작고 소중한 존재. 너무나 사랑스럽지만 내 삶의 책임감을 무겁게 만드는 존재. 전적으로 내가 지켜주고 보살펴줘야 하는 존재. 다칠까 아플까 조바심 나게 하는 존재다.

반려견을 키우며 가장 힘든 일은 비가 오나 눈이 오나 대소변을 위해 산책을 나가야 하는 일도, 고가의 이어폰과 인테리어한 지 얼마 되지 않은 집을 망가뜨리는 일도 아니다.

무엇보다 힘든 때는 반려견이 아플 때이다.

어디가 아프다 말도 못 하니 보호자가 수의사, 의사라도 아픈 걸 좀 더 빨리 알아채지 못한 자신들을 자책하게 만든다.

뽀기를 키운 지 이제 1년이 조금 지났는데 밤에 응급실에 달려간 것만 두 번이다. 한 번은 밥도 못 먹고 구토를 해서 입원 치료까지 하며 우리 애간장을 태웠고, 최근에는 예방접종을 맞고 눈 주위가 부어올라 응급실에 가서 알레르기 주사를 맞고 난 후에야 가라앉았다.

동물 병원에 입원한 뽀기 면회를 가서 유난 떤다는 말을 듣고 싶지 않아 꾹 참아 보려 했지만 남편도 나도 흐르는 눈물을 막을 수 없었다. 왜 자기만 여기에 두고 가냐는 듯 애잔한 눈빛으로 쳐다보는데 가슴이 무너졌다.

기르기 전에는 강아지에게 주는 애정의 양을 조절해서 쏟을 수 있을 거라 착각했다. 그건 거의 불가능한 일이다. 따뜻하고 말랑말랑한 털북숭이에게 코를 파묻고 한껏 숨을 들이켰을 때 느껴지는 고소한 향기, 일명, '꼬순내'를 맡아본 사람이라면 동의할 것이다.

비록 처음 계획과 달리 아빠가 우리 집에 머물며 뽀기가 아빠의 투병 생활을 함께한다거나 하지는 않았지만, 그 시기 내게 있어 뽀기는 무엇보다 큰 위로가 되어주었다.

아빠의 암 진단과 함께 다시 시작되려 했던 불면증이나 우울감도 뽀기 덕분에 잘 넘어갔다.

웃프게도 새끼 강아지 육아가 너무 고되어 잡념에 사로잡힐 틈이 없었다.

일을 그만두고도 뽀기 밥 주고 산책 시키느라 백수지만 규칙적인 생활을 하는 데 도움이 됐다.

뽀기와 함께 걸으며 만난 이름 모를 꽃과 풀, 하늘과 구름, 햇살과 바람, 분홍 노을, 비에 젖은 상쾌한 땅, 하얗게 눈 덮인 길.

모두 나에게 위로가 되어주었다.

불안과 두려움, 부정적인 생각에 힘들 때도 뽀기가 있어 웃을 일이 많았다.

그렇지만 누군가 집안에 아픈 사람이 생겼을 때 나처럼 강아지를 입양하는 일은 절대 권하고 싶지 않다. 반려견 입양은 신중 또 신중해야 하는 일이다.

나의 경우엔 매우 운이 좋게도 아빠의 항암 치료가 부작용 없이 수월하게 끝나 다행이었지 지금 생각해 보면 아빠 간병과 새끼 강아지 케어를 함께 하려 했던 것은 너무나 위험한 생각이었다. 반려견 입양은 집에 온종일 상주하는 가족 구성원과 여유 있는 경제력이라는 조건이 뒷받침되어야 한다. 동물 병원비는 상상을 초월한다. 사람이면 몇 만 원이면 될 검사나 치료가 강아지의 경우 수백만 원이 드는 경우가 흔하다. '돈 많은 백수'가 반려견 보호자로 가장 이상적이라는데, 나는 방송과 아빠 병원 진료 외에는 멀리 외출할 일이 거의 없는 백수에 많지 않아도 벌어놓은 돈도 있으니 다행이었다. 남편 친구들 중 수의사들도 많으니 비빌 언덕도 있다. 이런 조건에도 한 생명을 키운다는 것은 결코 쉽지 않은 일이다. 혹시라도 내 사연을 보고 섣불리 강아지를 입양해 볼까 하는 생각은 절대 하지 마시길 간청드린다.

섣부른 자만심에 입양되고 버려지는 강아지들이 너무 많다. 뽀기 입양 후에 유튜브나 SNS도 온통 강아지 관련된 것만 보다 보니 그제야 비로소 유기견 문제의 심각성을 알게 되었다. 뒤늦게나마 유기견 보호소에 간식을 보내기도 하고 작게나마 도움이 되는 일을 고민한다. 평생 책임지지도 못 할 거면서 작고 귀여울 때 입양해 파양하는 일이 너무 많다. 건너 지인도 뽀기와 비슷한 시기에 새끼 강아지를 입양했지만 몇 달도 안 되어 돌려보냈다고 한다. 말이 좋아 돌려보낸 것이지 파양이다. 스스로 자립해 살 수 없는 생명체를 책임지기로 해놓고 번복하는 일은 그 어떤 상황에서도 변명의 여지가 없는 일이다.

이제 그만 글 쓰는 것은 마치고 어서 뽀기와 놀아주어야 한다.

마지막으로,

뽀기야.

나의 영원한 아기 강아지야.

엄마에게 와줘서 정말 고마워.

네 덕분에 힘든 일에도 웃을 수 있었어. 넌 존재 자체만으로 내게 큰 위로야.

아직 네가 먼저 늙고 우리 곁을 떠난다는 건 상상조차 힘들지만, 그 어떤 상황이 와도 엄마는 너에게 최선을 다할 거야.

강아지 평균 수명대로 라면 뽀기가 무지개다리를 건널 때쯤 엄마는 50대일 텐데.

그때쯤이면 엄마도 이별을 좀 더 담담하게 받아들일 수 있을까.

아마 그렇게는 안 될 것 같아.

그래도 엄마가 세상을 떠날 때 뽀기가 마중 나와 준다고 생각하면 이별이 덜 힘들 것 같아.

엄마의 시간보다 뽀기의 시간이 몇 배나 빠르게 흐른다는 사실이 너무 슬프지만, 그렇기에 우리 함께하는 매일을 더욱 즐겁고 행복하게 보내자. 엄마가 노력할게.

사랑해. 나의 강아지.

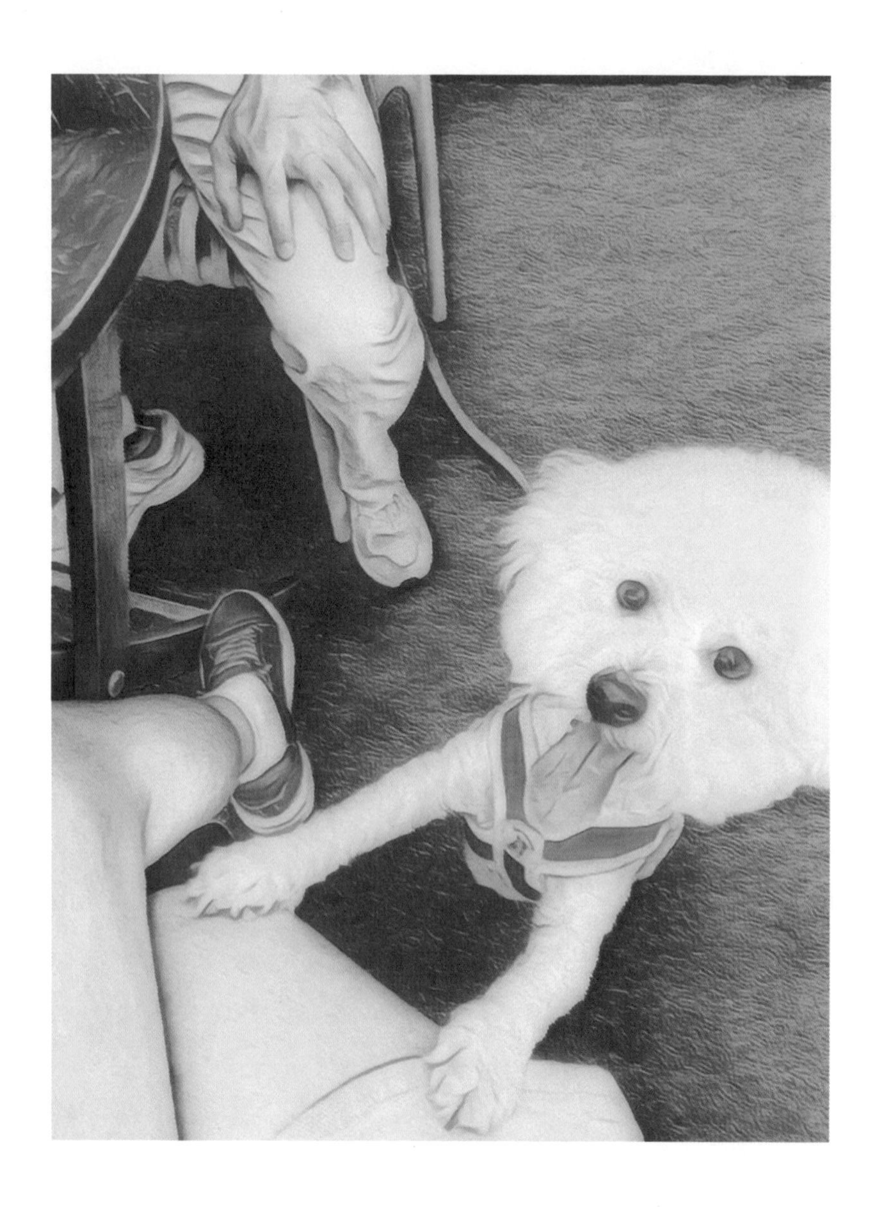

폭우를 뚫고 수영을 다녀왔습니다!

—

폭우를 뚫고 수영을 다녀왔다.

살면서 운동에 이렇게까지 열심이었던 적이 있던가.

운동이 아니라도 최근 몇 년간 무언가에 이렇게까지 열정적이었던 적이 언제였던가.

PT 수업도, 골프 레슨도 비싼 수업료와 약속한 수업 시간을 미루기 죄송한 마음에 어쩔 수 없이 갔었다. '도살장에 끌려가는 소'의 심정이었다. 수영처럼 온전히 기쁘고 설레는 마음으로 다닌 운동은 없었다.

비가 하도 많이 와서 우산을 써도 몸이 젖었지만 어차피 물에 들어갈 텐데 뭐 어떠랴.

폭우를 뚫고 수영장에 가는 발걸음에도 설렘이 묻어난다.

오늘은 핀 데이(fin day).

훈련용 오리발. 일명, 숏 핀(short fin)을 장착하고 하니 속도가 장난 아니다.

'장비 빨'인 걸 알지만, 순간적으로 우월한 육체를 가진 듯한 달콤한 착각에 빠진다.

나름 미니멀리스트의 삶을 지향하며 살아왔건만 반려견을 키우기 시작하며 강아지 옷에 하네스, 장난감, 빗, 미스트 등 끝없는 소비를 하며 한 번의 위기가 왔다. 그리고 수영을 다니며 두 번째 위기가 오고 있다.

수영은 골프나 필라테스 개인 수업과 비교하면 상대적으로 돈이 많이 드는 운동은 아니지만, 애정을 가지고 하다 보니 수영복이며, 수모, 수경, 오리발, 수영 가방까지 자꾸만 욕심나는 것들이 생긴다.

심지어 지금껏 내게 완전한 과소비라고 여겨지던 스마트 워치마저 관심이 생기려 하다니. 스스로가 놀랍다. 스마트 워치 구입은 심박수와 분초 기록을 보며 훈련할 만큼의 실력을 갖춘 후에나 고민하도록 하자.

물에서 놀다 보면 한 시간이 금방이다.

아쉽지만 씻고 대충 앞머리만 말리고 나온다.

이제껏 다른 운동은 마친 후에 집으로 가는 길, 그저 순간 이동을 염원하는 마음뿐이었다면 수영 후에는 집으로 가는 발걸음도 상쾌하다.

물놀이 후 먹는 라면이 그렇게 맛있다는데. 비까지 오니 '집에 가는 길에 컵라면이라도 사갈까?' 싶다가 꾹 참고 슈퍼를 지나친다. 수영으로 정화한 몸을 굳이 라면으로 오염시키고 싶지 않은 마음이다.

집에 와서 베란다에 수영복을 널고 냉장고에서 복숭아와 삶은 계란을 꺼내 먹는다.

자상한 남편이 손수 복숭아를 깎아 냉장고에 넣어 놓았다. 나는 과일 중에 복숭아를 제일 좋아하는데 그마저도 깎기 귀찮아서 안 먹고 있을 때가 많다. 그래서 우리 집은 과일을 사면 남편이 잊지 않고 껍질까지 까서 소분해 넣어 둔다. 감사한 삶이다.

삶은 계란은 내가 좋아하는 음식이다. 맛있어서 먹는 거긴 하지만 운동 후에 달걀로 단백질을 보충해 주면 건강에도 도움이 되니 일석이조다.

약간은 퍽퍽한 삶은 계란과 수분 가득 말랑한 복숭아의 조합이 훌륭하다. 맛있다. 건강하게 맛있다. 오는 길에 컵라면을 사지 않길 잘했다는 생각이 든다.

좋아하는 운동을 할 수 있고, 맛있는 음식을 먹을 수 있는 건강한 삶.

그저 감사하다.

이제껏 내 몸과 마음이 이만큼 건강했던 적이 있었나 싶다.

만 나이 시행 덕분에 한 살 줄어 내 나이 서른여덟. 남편 나이 마흔. 아직 충분히 젊다.

어릴 때는 나이 마흔이면 완전 아줌마, 아저씨라 생각했는데 요즘 사십 대는 예전 40대와 다르다. 나이에 비해 외모도, 생활 방식도 너무 젊고 한창이다.

물론 아줌마, 아저씨가 아니라고 애써 부인하는 것은 아니다. 자연스레 나이 먹어가는 것을 애써 부인하는 것이 흉해 보일까 싶어 괜스레 먼저 "결혼했으면 아줌마이지! 나 아줌마야!" 말하는 나다. 그렇지만 요즘 나이 마흔이면 아직 충분히 젊은 것은 사실이다. 우리 부부가 아이가 없어서 더 그럴 수도 있다.

계산해 보면 내가 대학교에 입학했을 때 엄마 아빠 나이가 40대 중반도 안 됐었다는 사실이 새삼 놀랍다.

내 젊음에만 취해 있던 그때 그 시절, 엄마 아빠도 그렇게 젊었다니.

세월이 빠르고 야속하다.

늙고 병든다는 것은 서글픈 일이다.

나이 먹고 젊음에 집착하면 추해 보일 수 있다는 걸 알면서도 할 수 있다면 가능한 육체의 노화를 늦추고 싶다. 젊어 보이고 싶어서가 아니다. 건강하고 싶다는 말이다.

이제서야 맛을 알기 시작한 내 육체의 젊음과 건강을 되도록이면 오래도록 음미하고 싶다.

오래도록 좋아하는 운동과 음식을 즐기며 오늘처럼 충만한 하루를 보내고 싶다.

백수 인생의 큰 기쁨

수영할 수 있어 행복합니다

—

7월 말부터 8월까지 거의 4주간 수영 수업이 휴강이다. 내가 속한 반은 새벽 직장인반 수업이 끝나고 시작되는 주부반인데 애들 방학 기간에 맞춰 주부반 수업은 휴강이다.

대신 그 시간에 아이들 방학 특강 수업이 열린다. 아이들 방학 기간이 대다수 주부에겐 제일 바쁜 기간이다. 주부들은 애들 학교 보내고 오던 수영장에 나오기 힘들어지는 시기고, 수영장 입장에서 방학 특강을 통해 신규 회원을 모집할 수 있는 기회가 되는 시기다. 그러니까 모두의 이익에 맞아떨어지는 일이다.

나처럼 아이가 없는 주부반 회원을 제외하고는 말이다.

휴강 기간 동안 아이들 특강 수업이 없는 주 이틀은 자유 수영이 허락되고, 이미 돈을 지불한 수영장 등록 기간도 휴강 날짜만큼 계산해서 연장해 준다고 한다. 그래도 한창 수영에 빠져 있는 나로서는 청천벽력과 같은 소식이 아닐 수 없다. 평일 매일 수영을 가는 것도 모자라 주말에 다른 동네에 있는 수영장까지 원정 자유 수영을 가는 나로서는 앞으로 거의 한 달간 주 2회 수영에 만족해야 한다는 사실을 받아들이기 힘들었다.

내 일상의 기쁨과 행복을 이렇게 뺏길 수는 없지!
휴강 한 달간 새로운 수영장을 뚫어야겠다는 결심이 섰다.

기존 수영장에서 하는 주 2회 수영에 더해 새로운 수영장에서 받는 수업을 병행하면 내 수영 실력이 일취월장할 것이다. 한 달 후 다시 수업이 시작됐을 때 모두 깜짝 놀라리라. 방학 동안 단기 어학연수나 족집게 과외를 통해 영어 실력이 훌쩍 늘어서 나타난 학생처럼 달라진 실력을 뽐낼 생각에 벌써부터 마음이 들뜨는 듯했다. 그래봤자 향상된 수영 실력을 뽐낼 곳이라고는 같은 반 회원 여덟 명에 강사 선생님 한 명이 전부이지만 말이다.

문제는 수영장 신규 등록이라는 것이 결코 만만한 일이 아니라는 거다.
수영장은 시설을 만들고 관리하는 일이 쉽지 않다 보니 주변에 걸어서 다닐만한 곳이 흔치 않다. 필라테스나 헬스장은 아파트 주변으로 건물마다 하나씩 있는 것과 달리 수영장은 찾아보기가 힘들다. 지금 다니는 수영장도 빠른 걸음으로 15분 정도 걸리는 거리지만, 집에서 걸어갈 수 있는 곳에 수영장이 있다는 것만으로도 행운이다.
비슷한 거리에 구립 수영장이 있기는 하지만 신규 등록이 아이돌 콘서트 티켓팅만큼 어렵다는 소문이 자자하다.
신규 등록은 매월 27일 아침 7시에 인터넷 홈페이지를 통해 선착순으로 진행된다. 기존 회원들의 재등록 기간이 지나 진행되는 신규 회원 등록은 남은 자리가 거의 없기 때문에 경쟁이 치열할 수밖에 없다. 이래서 인기 아이돌 콘서트 티켓팅에 비유되는구나 싶다.

스케줄 알람을 맞추고 집에 있는 노트북 두 대와 핸드폰을 총동원해 어떻게든 성공해 보겠다는 의지를 불태운다. 옆에서 보던 남편이 "저렇게 운동을 좋아하는 사람이 지금껏 어찌 참고 공부만 했지? 맞다! 운동을 좋아하는 게 아니라 수영만 좋아하는 거지." 하며 놀린다.

대망의 날은 다음 주이다. 꼭 성공해서 새로운 곳에서 새로운 사람들과 수영해 보고 싶은 기대도 있지만, 휴강 기간 동안 기존 주부반 선생님과 회원들을 보지 못하는 서운함도 크다. 결코 180이 훨씬 넘는 큰 키에 수영으로 다져진 몸매를 뽐내는 20대 강사 선생님 때문이 아니다. 같은 반 회원님들에 대한 마음이 더 크다.

나 역시 이런 내 마음이 꽤나 당혹스럽다. 나름 내향형 인간으로 지금껏 눈에 띄지 않게 피해 다닌 와중에도 함께 운동하며 꽤나 정이 들었나 보다.

사실 내게도 '수영장 텃세'라는 것이 아예 없었던 건 아니다.

인터넷에 '수영장 텃세'라 쳐보면 수많은 하소연 글과 관련 기사까지 존재한다. 기존에 오랫동안 수영장에 다니며 친목을 맺은 회원들끼리 신입 회원을 배척하고 다양한 방법으로 괴롭히기까지 한다는 것이다. 샤워장에서 친한 사람들끼리 자리를 맡아놓고 다른 사람은 사용하지 못하게 한다던가, 수영 중에 일부러 신체 접촉으로 위협하는 경우도 있다고 한다.

악명 높은 주부반에서 견딜 수 있을까 싶어 새벽 직장인반에 다녀야 하나 고민도 했지만, 고요한 새벽 시간에 명상과 글쓰기 같은 나만의 루틴을 즐기는 것을 포기할 수 없어 아침 주부반에 등록했다.

첫날 샤워장에 입장하자 못 보던 얼굴의 신입 회원 등장에 시선이 쏠렸다.

알몸의 나는 내 모든 행동 하나하나를 주시하고 있는 시선들을 애써 외면하며 샤워를 하고 수영복을 입었다. 아니나 다를까,

"몸을 씻고 수영복을 입어야지!"

지적이 날아왔고, 나는 꺼내놓은 바디클렌저 제품을 보여드리며

"씻었어요! 거품이 안 나는 제품이라…."

해명해야 했다.

다음 날에는

"머리를 감고 들어가야지!"

지적이 날아왔고, 나는 역시나 꺼내놓은 제품을 보여드리며

"감았어요! 샴푸부터 세안까지 다 되는 올인원 제품이라…."

해명해야 했다.

매번 해명하는 것도 스트레스인지라, 결국 얼마 안 가 거품이 왕창 나는 제품으로 바꿔버렸다. 계면활성제가 들어 있지 않아 거품이 나지 않지만 환경 보호에 좋다는 제품은 그냥 집에서 쓰면 되고, 수영장 수질 관리에 진심인 회원들이 많으면 좋은 일이라며 애써 스스로를 위로했다. 신상 조사는 나이, 결혼 여부 정도만 답하고 나머지는 미소로 넘겼고, 일부러 남이 안 쓰는 찬물만 나오는 고장 난 샤워기를 자처해서 쓰는 등의

방식으로 눈치껏 행동했다.

그래도 우리 수영장은 텃세가 심하지 않고 좋은 분들이 많아 금세 정을 붙이고 즐겁게 다니고 있다. 열심히 하는 신입 회원이라며 챙겨주시고 예뻐해 주신다. 이제는 수영만큼 다른 회원님들과의 만남도 기대된다.

주부반 연령대는 20대부터 70대까지 다양한데 30대 후반인 나는 매우 젊은 층에 속한다. 요즘은 나도 어디 가서 젊다, 어리다 소리 들을 일이 거의 없는데, 수영장에서는 "젊어서 발차기 힘이 좋다.", "젊어서 빨리 배운다." 같은 말을 자주 듣는다. 오랜만에 막내 노릇하는 기분이 나쁘지 않다.

나이는 나의 언니뻘, 엄마뻘, 많게는 할머니뻘 되는 분들이지만 다들 활력이 넘친다.

수영장과 샤워장은 긍정적인 에너지로 가득 차 있다. 나이에 상관없이 운동하는 사람에게서 느껴지는 건강하고 활기찬 에너지다. 직장에서, 병원에서는 결코 느낄 수 없던 기운이다.

나도 나이 먹어서도 수영을 즐기는 활기찬 할머니가 되고 싶다.

후기) 새로운 수영장 신규 등록은 바로 탈락했다. 만반의 준비를 했다고 생각했지만 실패를 깨닫기까지 삼십 초도 걸리지 않았다. 시간이 되자 화면이 하얗게 멈추더니 나의 다급한 클릭질에도 대답이 없었고 새로고침을 누르고 다시 돌아왔을 땐 이미 모든 강좌가 마감된 후였다.

방송하는 의사

완(完) 백수는 아니고 반(半) 백수 정도 됩니다

—

나는 방송하는 의사다.

일복이 있는지 아빠 암 진단으로 병원을 그만둔 후에도 방송 일은 꾸준히 들어오고 있어 일주일에 한두 번 정도는 방송 출연을 하고 있다. 그래서 실상 완전한 백수는 아닌 '반 백수' 정도의 처지이다.

지난달 아빠의 항암 일정이 모두 종료되고 병원에 갈 일이 줄어드니 이를 또 어찌 알고 방송 일이 더 자주 들어온다. 이번 달에는 10회 정도의 촬영 스케줄이 있다. 종일 촬영하는 것은 아니지만 거의 삼 일에 한번 꼴로 촬영을 가다 보니 백수라고 해야 할지, 프리랜서라고 해야 할지 정체성의 혼란이 오기 시작한다.

레지던트 때부터 했으니 나의 방송 경력은 꽤 오래되었다.

의학 지식 관련 주제로 운영되는 유튜브 채널 및 인터넷 홈페이지에서 영양이나 건강 관련해 활동하는 모습을 보고 방송 작가님들이 연락을 주기 시작하면서 방송과의 인연이 시작됐다.

당시에는 아빠가 아닌 남편 건강에 문제가 있던 시기였는데, 그 내용을 방송에서 다루고 싶다는 요청이 대다수였다.

"의사이자 영양사인 아내가 만든 맞춤 도시락과 엄격한 식단 관리를 통해, 간경화로 고통받던 의사 남편이 건강을 되찾은 스토리!"

이 얼마나 방송에서 써먹기 좋은 소재인가.

남편과 스튜디오 동반 출연 요청부터 우리 집에 와서 요리하고 먹는 모습을 촬영하고 싶다는 요청까지. 당시 섭외 요청이 물밀듯이 쏟아졌지만, 뭣도 모르고 승낙했던 한두 번을 제외하고는 모두 거절했다.

남편이 크게 아팠다가 회복한 것도 맞고, 레지던트 생활을 하며 도시락을 쌌던 것도 맞고, 몇 년간 무염식에 가까운 저염식을 실천한 것도 맞지만 그 이야기를 굳이 방송에서 떠벌리고 싶지는 않았다. 지금처럼 그저 지식 전달의 매개체 정도로 쓰이는 것과 달리, '나'라는 사람의 개인적인 이야기가 주목받는 것은 완전히 다른 일이다.

비록 지금은 누구보다 건강한 남편이지만, 남편이 아팠던 사건은 시부모님을 비롯한 우리 가족에게 큰 슬픔이었다. 그 사연을 방송 출연 목적으로 반복해 소비하고 싶지 않았다. 또 방송이라는 게 시청률과 화제성을 무시할 수 없다 보니 '간경화', '복수', '입원', '사망률' 같은 자극적인 이야기를 더 자극적으로 다루고 싶어 했다.

방송국 놈들이란!

이후 남편과 관련되어 들어온 섭외 요청은 모두 거절했음에도 내 방송 실력이 나쁘지 않았는지 의학 프로그램 출연 제의가 꾸준히 들어왔고 지금까지 오게 되었다.

아빠의 암 진단으로 병원 일을 그만두고 나서도 방송 일은 계속했는데, 이유는 무엇보다 아빠 엄마가 TV에 나오는 내 모습을 보는 것을 좋아하시기 때문이다.

"텔레비전에 내가 나왔으면 정말 좋겠네." 하는 동요도 있지만, 나는 아직까지 TV에 나오는 내 모습을 보기 민망스럽다. 그래서 일부러 내가 출연한 방송은 보지 않는 편인데, 아빠 엄마는 매번 방송 날짜와 시간을 기억해 두었다가 딸이 나오는 방송을 챙겨 보신다.

부모님께 기쁨을 드릴 수 있는 효도 중 하나라 여기며 하고 있는 일이지만, 나 역시 촬영이 즐겁다. 무엇보다 의료계에 종사하는 사람이 아닌 다양한 직업의 사람들을 만날 수 있다는 점에서 흥미롭다.

방송에 출연하면서 가장 밀접하게 소통하는 사람은 작가이다.

처음에는 섭외 요청부터 출연자 헤어 메이크업 여부 및 도착 시간 확인, 대본 전달 및 대본 수정 피드백 확인, 심지어 회식 참석 여부 확인까지 작가님들이 담당하기에 꽤나 놀랐다.

나도 방송을 하기 전에는 방송작가라는 직업이 이럴 거라고는 상상하지 못했다. 물론 막내 작가를 거쳐 연차가 쌓이고 메인 작가가 되면 잡무는 많이 줄고 대본 작성이 주 업무가 되겠지만 그전에는 글 쓰는 것보다 사람 상대하는 일이 더 많은 것 같다.

모름지기 작가란 사람 만날 일 없이 집에 틀어박혀 글만 쓰고 메일로 완성된 대본만 보내면 되는 건 줄 알았다. 방송작가라는 직업에 대해 내가 완전히 오해했었다.

대부분이 프리랜서이기도 하고 혹은 나처럼 방송작가의 업무 범위에 대해 오해한 채로 일을 시작했는지, 메인 작가님을 제외하고는 꽤나 자주 그만두고 교체되는 느낌이다.

밥벌이 중에 어느 하나 쉬운 일이 없다. 내가 출연하는 방송은 주로 의학 관련 정보 전달을 하는 프로그램이다 보니 전공자도 아니고 심지어 문과 출신이 대다수인 작가가 대본을 쓰는 데 있어 골머리를 앓는 경우가 많다.

나 역시 글을 쓰는 사람으로서 한 줄 한 줄 공들여 쓴 글이라는 것은 알지만, 전문가로서 틀린 내용은 수정을 요청할 수밖에 없다. 어떤 때는 대본에 잘못된 내용이 많아 거의 다 바꿔야 할 때도 있는데, 미안한 마음이지만 임상 연구 결과와 같은 과학적 사실을 내 맘대로 바꿀 수도 없는 터라 나로서도 어쩔 도리가 없다. 그저 작가라는 직업적 고충에 공감과 위로를 표할 뿐이다.

작가 외에도 PD, 카메라, 조명, 음향, 소품 스태프, 아나운서, 연예인, 헤어 메이크업 담당까지. 한 시간 남짓의 방송에 많은 이들의 노고가 담겨 있다.

요즘은 공중파 방송도 외주 프로덕션에서 제작하는 경우가 많다 보니 스태프들도 방송국 정직원이 아닌 프로덕션 소속이나 계약직인 경우가 다수다. '다 돈 받고 자기 일하는 건데.' 정도로 생각할 수도 있지만 때론 지켜보기 안쓰럽고 짠한 마음이 든다.

모두 힘을 합쳐 만드는 방송이라는 걸 알기에 생계의 현장에 일종의 취미활동처럼 참석하는 사람이라 해도 절대 폐가 되지 않기 위해 노력한다. 이런 마음이 티가 났는지 꾸준히 불러주시니 황송하다. 그냥 백수가 아닌 '반 백수' 신분을 유지할 수 있게 해주심에 감사하다.

무료 상담은 거절합니다!

이미 의사가 된 이상 백수 상태라 하더라도 의사로서 주변 사람들의 문의에 응대하는 일은 끝이 없다. 특히 전공이 가정의학과라서 진료 범위가 넓다. 건강 검진 결과 문의부터 영양제 관련 질문 혹은 미용 목적으로 어떤 시술을 추천하는지까지 문의 내용이 다양하다. 문의 내용뿐 아니라 문의를 하는 상대방도 다양하다. 내 친구의 친구, 친척 어르신의 지인, 사돈의 팔촌까지. 한때 적절히 거절하지 못했던 시절에는 하루 건너 하루 관련 연락을 받아 스트레스였던 적도 있었다.

단순히 의사의 의견을 들어보고 싶다 정도가 아니라 '병원 진료나 수술을 당겨 볼 수 없냐.'라던가, 이미 안 된다고 안내받은 일에 대해 '의사 찬스로 어떻게 안 되냐.' 하는 부탁도 정말 많다. 그런데 이런 무리한 부탁을 하는 이는 십중팔구 가까운 가족이나 친구가 아닌 몇 년 동안 연락 한 번 하지 않은 사람들이다. 시대가 어느 때인데. 서울대병원에서 일하는 의사라고 해서 본래라면 몇 달을 기다려야 하는 교수님 진료나 수술 일정을 당길 수 있다거나, 없는 병실을 만들어 낼 수는 없는 일이다. 반대로 가족이나 가까운 지인은 오히려 연락할 만한 일도 나나 남편이 곤란할까 봐 일이 다 끝난 후에야 알려주는 경우가 많다.

이제는 이런 일에도 나름 짬이 쌓여 너무 먼 사이나 사소한 문의는 '진료 보는 의사와 상의하는 것이 좋겠다.' 정도로 거절할 수 있게 되었다.

그렇지만 여전히 이런 문의나 부탁으로부터 완전히 자유로울 수는 없는데, 최근에도 곤란한 일이 있었다.

Y대 교수로 재직 중이며 미국에서 안식년을 보내고 있는 고모에게서 자정이 다 되어 연락이 왔다. 동료 교수가 제주도 가족 여행을 갔다가 초등학생 아들이 트럭에 치이는 사고를 당해 제주 H병원에 실려갔는데 내 남편이 응급의학과이기도 하니 우리 부부와 상의하고 싶은 것들이 있다는 것이다. 다발성 갈비뼈 골절, 뇌출혈, 비장 출혈 등이 있었지만 출혈은 멈춘 상태라 수술 없이 약을 쓰며 추가 출혈이나 의식 상태 변화 여부를 지켜보고 있는 상태였다. 아무리 의사라 하더라도 직접 영상 검사나 환자를 보지 않은 상태에서 이런저런 조언을 하는 것은 오히려 치료에 혼선을 줄 수 있기 때문에 최대한 삼가는 편이나, 타지에서 아이가 다쳐 패닉 상태일 부모에게 조금이라도 도움이 될까 싶어 내 전화번호를 넘기는 것을 허락했다.

아이 엄마에게 전화가 왔을 땐 이미 자정이 훨씬 넘은 시간이었는데, 다음 날 출근해야 하는 남편에게 미안한 마음이 아이 엄마와 대화를 하며 더욱 커졌다. 아이 치료 방향에 대한 결정을 함에 있어 의견을 구한다기보다는 본인이 가진 현지 병원과 의료진에 대한 불신, 그들의 무능함에 대한 자신의 합리적인 의심에 대해 우리의 동의를 얻기 위한 전화인 듯했다.

처음부터 '본인은 Y대 교수이기 때문에 Y대학병원밖에 안 다녀봤다. 서울 Y대학병원으로 빠른 이송을 원하지만 아이 상태 때문에 어쩔 수 없이 제주 H병원에 입원 중인데 그들의 처치가 적절한지 모르겠다.'라며 불만을 토로했다.

나는 '뇌출혈과 비장 출혈이 있었지만 출혈이 멈췄고 출혈량이 심하지 않으면 약을 쓰며 지켜보는 것이 맞다. 중환자실에 입원 중이니 의료진들이 아이를 주의 깊게 보고 있다가 추가 출혈이나 의식 변화가 발생해 수술이 필요한 경우에는 늦지 않게 응급 수술에 들어갈 터이니 현재 의료진의 지시에 따르는 것이 좋겠다.'라고 말했다.

더불어 '제주 H병원 역시 대형 병원이며 외상 환자가 많고 육지로 이송이 어려운 제주도 특성상 외상 환자나 중환 처치에 능숙하다 알고 있으니 너무 염려 말아라. 아이 상태가 충분히 안정된 후 이송하는 것이 안전하겠다.'라는 말도 덧붙였다. 그녀는 나의 답에 만족한 것 같지는 않았지만 꽤나 늦은 시간이 되어 그날의 전화 상담은 마무리했다.

가족이 크게 다쳐 놀라고 당황스러운 심정은 모르는 바 아니나 나 역시 팔은 안으로 굽는다고 고모의 지인이라는 그녀보다 그런 그녀를 상대할 의료진에게 안쓰러운 마음이 드는 것은 어쩔 수 없었다. 나 역시 의료진을 향한 이유 모를 의심과 적대감으로 찬 환자와 보호자를 상대한다는 것이 얼마나 스트레스받는 일인지 경험상 잘 알고 있다. 그녀가 아무리 감추려 해도 이미 그녀의 속마음이 현지 의료진에게 다 전달될 것임이 충분히 예상되었다.

다음 날에도 그녀는 내게 카톡으로 몇 가지 질문을 해왔는데 역시나 의료적 견해를 구하는 질문이라기보단 '회진 온 의사가 과장이 아니라 레지던트인 것 같다.'라던가, '담당 과장이 육지에 나간 것으로 의심되는데 응급 수술을 받아야 되는 상황이면 어떡하냐?'와 같은 혼란스러운 내용이 거의였다.

나는 얼굴 한번 보지 못한 그녀에게 벌써 질려 버렸지만 '주말이니 서울 Y대 병원도 회진 오는 당직 의사는 레지던트였을 것이다. 담당 과장님은 육지에 있어도 그날의 응급 수술 당직은 다 정해져 있고 근처에 대기 중일 것으로 예상되지만 정 염려되면 회진 오신 선생님이나 담당 간호사 선생님께 조심스레 문의해 보아라.' 정도로 서둘러 마무리를 했다.

그녀가 내 환자 보호자가 아닌 것이 다행이다 싶은 마음이 들었다.

며칠 후 화룡점정을 찍는 일이 발생했다.

아이 상태가 일반 병실로 옮길 정도로 꽤나 호전되었다는 소식과 함께 하루빨리 제주도를 벗어나 서울 병원으로 가고 싶은 그녀 앞을 가로막는 문제가 있었다.

'갈비뼈가 부러지며 생긴 소량의 기흉 때문에 기압이 달라지면 위험하니 배를 타고 이송을 가거나 기흉이 사라질 때까지 현재 병원에서 입원을 지속하다 전원하라'는 흉부외과 의사의 조언을 그녀는 인정할 수 없었다.

'기흉'은 풍선 같은 공기주머니인 폐에 구멍이 생겨 공기가 새고 이로 인해 정상적으로는 공기가 없어야 할 늑막강에 공기가 차며 폐를 누르게 되는 상태이다.

소량의 기흉은 지켜볼 수 있지만, 그렇지 않은 경우에는 흉관을 넣어 가스를 빼줘야 한다. 심한 경우에는 폐나 심장이 눌리는 '긴장성 기흉'으로 사망에 이르는 응급 상황이 발생하기도 한다.

한 번쯤 드라마에서 길에 쓰러져 숨을 쉬지 못하는 환자의 가슴에 지나가던 의사가 볼펜을 부러뜨려 꽂았더니 환자가 살아나는 장면을 본 적 있을 것이다. 이게 바로 '긴장성 기흉'이 발생한 환자에게 의사가 주사기 대신 볼펜으로 응급 처치를 하는 드라마틱한 상황을 연출한 것이다.

기흉이 있는 경우 고도가 높아지고 기압이 낮아지면 폐 공기주머니가 터지면서 긴장성 기흉이 발생할 위험이 따른다.

'직접 아이 흉부 영상 검사를 본 것도 아니기에 그 위험 정도가 어느 정도인지 말하기도 어렵거니와 가정의학과인 나보다는 직접 본 흉부외과 선생님의 말을 신뢰하고 따르는 것이 좋겠다.' 정도로 마무리하려는데, 빨리 서울 병원으로 이동하고 싶지만 배는 타고 싶지 않은 아이 엄마가 덧붙인 말이 더욱 가관이었다. 닥터헬기를 알아봤지만 불가능하다는 답변을 받아 119구조 헬기도 알아보고 있다는 것이다.

닥터헬기는 현지에서 치료가 불가능한, 말 그대로 '응급' 환자의 이송을 위한 것으로 그 수도 제한적이고 운영 비용도 많이 든다. 지금처럼 전혀 응급하지 않은 이송 상황에 현지 병원에서 충분히 치료를 지속할 수 있음에도 보호자가 전원을 원한다는 이유만으로 운행할 수 있는 개인 전용기가 아니다.

119 역시 마찬가지다. 헬기는 말할 것도 없거니와 119 구급차 역시 개인적인 전원의 목적이면 비용을 지불하고 사설 구급차를 이용해야지 119 구급차를 사용하려 해서는 안 된다.

비용을 지불할 생각이 있었다는 당치 않는 핑계를 댄다 하더라도 '한정된 자원에서 내가 사용하는 동안 정말로 응급한 사람이 필요할 때 사용하지 못하고 목숨을 잃을 수 있다'는 생각을 하지 못했다면 그것만으로 비난받을 만하다.

명문 Y대학교 사회복지학과 교수에게 '본인의 아이가 소중하듯 다른 사람 역시 누군가의 소중한 가족이며, 본인 가족의 편의와 혜택을 위해 다른 누군가가 희생하는 일이 발생해서는 안 된다'는 생각에 동의를 요구한다면 무리한 부탁인 걸까.

믿기지 않겠지만 병원에서 일하다 보면 생사를 오가는 위급한 환자에 모든 의료진이 달라붙어 CPR(심폐소생술) 중임에도 이는 전혀 개의치 않고 자신 혹은 자기 가족의 사소한 일부터 처리해 주라며 항의하는 인간들이 흔하다. 설마 하겠지만 나 역시 직접 일하면서 보기 전에는 상상도 못했다. 코딱지만큼 남아 있던 인류애마저 사라지게 만드는 인간들이 이렇게 많다는 것을 말이다.

"응급실은 먼저 온 순서가 아니라 응급한 순서로 진료합니다!"

당연한 얘기가 모든 응급실마다 붙어 있는 데는 다 이유가 있다.

정신 차리라고 한소리 하고 싶었지만 고모의 지인이라 참은 것 반, 더 이상 상종하고 싶지 않은 마음 반이라 꾹 참았다.

'비행기와 마찬가지로 헬기 역시 고도가 높아지면 기압이 낮아져 기흉이 터질 위험이 있는 것은 마찬가지다. 흉부외과 선생님 조언대로 충분히 안정될 때까지 현지 병원에서 입원치료를 하고 이동하거나, 배를 타고 가까운 육지로 이동한 후 사설 구급차로 이동하는 편이 낫겠다'는 답을 마지막으로 더 이상의 연락은 무시했다.

여담이지만 아무리 문과라 하더라도 명문대 교수라는 분께서 '고도가 높아지면 기압이 낮아진다. 비행기뿐만 아니라 헬기 역시 마찬가지다.' 라는 당연한 사실을 몰랐다는 것도 신기하다.

수많은 기흉 환자를 육지로 돌려보냈을 흉부외과 전문의보다 본인이 더 나은 방법을 강구해낼 것이라는 믿음이 초등 과학 수준의 논리적 사고조차 못하게 만든 것이다.

그러니까 말하고자 하는 바는,

'사람의 본성은 위기의 순간에 드러난다. 내 가족이 소중한 만큼 다른 이도 누군가에게 소중한 사람이다. 내가 받는 혜택과 편의가 다른 사람의 기회를 뺏는 것은 아닐지 고민해야 한다. 전문가의 의견을 신뢰하는 것은 중요하다'는 것이다.

처치 곤란 자몽! 널 어쩌면 좋니?

—

일을 하지 않는다고 하면 오랜 시간 공부한 것이 아깝지 않냐는 말을 종종 듣는다. 그런데 내가 전공한 의학과 영양학은 꽤나 실용 학문인지라, 따로 일하지 않아도 일상에서 쏠쏠하게 쓰이고 있다.

며칠 전 엄마가 아빠 음식 하면서 많이 만들었다며 전복죽, 김치찜 같은 엄마표 음식을 갖다주겠다고 했다. 운전도 못하는 사람이 무거운 짐을 들고 올 것을 생각하니 마음이 불편해 택시 타면 된다는 엄마를 만류하고 결국 내가 친정에 갔다.

준비한 것이 없다더니 매번 그렇듯 주차장에서 나 혼자 들고 올라가기 힘들 정도로 짐이 많다.

뭐가 이리 많냐며 볼멘소리를 하고 챙기는데 누가 자몽을 박스로 보냈다며 좀 가져가란다.

자몽의 씁쓸한 맛이 싫어 나도 남편도 잘 먹지 않으니, 엄마네 먹든 버리든 알아서 처리하시라 했는데도 결국 적지 않은 자몽이 짐에 추가된다.

집으로 운전하며 오는 길에 퍼뜩 자몽은 약물 상호작용(drug interaction)이 많아 항암 치료받는 환자에게 먹지 말라 주의 주던 것이 떠올랐다.

엄마에게 바로 전화를 걸었다. 다행히 엄마 아빠도 아직 먹지 않았단다.

생각해 보니 엄마가 먹는 고지혈증 약(리피토, atorvastatin 성분)과도 함께 먹으면 안 된다.

귀찮아도 음식 가지러 친정에 직접 가길 다행이다. 하마터면 엄마 아빠가 그 많은 자몽을 다 먹을 때까지 모를 뻔했다.

우리가 먹는 약 중에 cytochrome P450 3A4라는 효소에 의해 간에서 대사 되는 약물이 흔하다. 자몽의 경우 이 효소의 활성을 방해하는 성분이 있어 약물의 대사 분해를 방해하기 때문에 같이 먹어서는 안 되는 약들이 많다. 엄마가 콜레스테롤을 낮추기 위해 먹고 있는 약 역시 cytochrome P450 3A4 효소에 의해 대사 되는 약이다. 자몽과 같이 먹으면 약의 혈중 농도가 비정상적으로 높아져 근육통과 같은 약물 부작용이 나타날 수 있다.

아빠가 현재 받고 있는 항암치료 약들과는 대사 방식이 달라 확인된 약물 상호작용은 없다지만, 아직 관련 연구가 제한적이기에 좋아하지도 않는 자몽을 굳이 위험을 감수하며 먹을 이유는 없다.

남편과 나 역시 먹고 있는 약이 있고, 약과 몇 시간의 간격을 두고 소량씩 먹으면 괜찮다곤 해도 굳이 좋아하지도 않는 과일을 그런 노력까지 기울이면서 먹고 싶진 않다.

심지어 자몽은 강아지가 먹으면 안 되는 과일이기 때문에 뽀기도 먹을 수 없다. (자몽의 소랄렌(psoralen) 성분이 강아지에게 유해하기 때문에 절대 먹여서는 안 된다.)

개도 못 먹는다니! 아주 처치 곤란이다.

과일이라면 가리지 않고 좋아하는 친구에게 연락해 '네가 가까이 살면 가져다줄 텐데 그러지도 못하고 이 많은 자몽을 어찌하면 좋을까?' 하니 자몽청을 만들어서 주변에 선물하란다.

'자몽청 만드는 법'을 검색해 보니 껍질을 모두 까서 과육만 발라 열탕 소독한 유리병에 설탕과 함께 넣으면 된다는데, 과정은 간단해도 손이 많이 가는 작업이다. 아무리 시간이 많은 백수라지만 선뜻 엄두가 나지 않는다.

일단 얼마 정도의 시간과 노력이 소요될지 예상해 보고자 청을 담그는데 필요한 유리병을 사러 가기 전 시범 삼아 자몽 하나를 까보기로 한다. 오렌지처럼 칼집을 내니 겉의 두꺼운 껍질은 쉽게 까진다. 문제는 내부에 과육을 나누고 있는 속껍질과 씨를 제거하는 일이 까다롭다. 생각만큼 속도가 나지 않는다. 저 많은 자몽을 과육만 분리할 생각을 하니 한숨이 난다. 유리병을 사러 가는 일은 보류다.

그렇다고 멀쩡한 과일을 버리자니 먹는 걸 버리는 것에 큰 죄책감을 느끼는 사람으로서 못할 짓이다.

사실 자몽은 비타민과 미네랄을 비롯한 항산화 성분이 풍부하고 피부 건강과 다이어트에도 효과적인 좋은 과일이다.

좋은 마음으로 보내주셨을 텐데 양쪽 집에서 고민거리가 되어 버렸다.

자몽도 생각을 할 수 있다면 천덕꾸러기가 된 자신의 처지가 비통하리라.

자몽아, 자몽아.

너를 어쩌면 좋으니.

후기) 자몽은 결국 단단하던 게 물렁해질 때까지 냉장고 자리만 차지하다 음식물 쓰레기로 버려졌다. 대중적인 기호성이 있는 과일이 아니라 한번 드셔 보시라 주변에 드렸다 가는 괜히 골칫거리를 선물하는 꼴이 되기 십상이고, 다른 것도 아니고 먹는 거라 먹고 탈 났다는 말을 들을까 당근 마켓에서 무료 나눔을 할 수도 없었다. 우리 아파트 음식물 쓰레기는 무게당 세대별 관리비로 청구되는 시스템이라 결국 자몽은 엄청난 무게로 아파트 관리비만 남기고 떠났다. '죽고 나면 생전에 버린 음식 쓰레기를 다 먹어야 한다'는 괴담을 누구보다 무서워하는 나는 며칠간 악몽에 시달렸다.

아파트 엘리베이터 공사로 얻은 깨달음

—

요즘 내가 사는 아파트는 엘리베이터 공사가 한창이다.

20년 된 아파트라 전면적인 엘리베이터 교체 공사를 진행하는데 그 기간이 한 달이 넘는다. 한 달 넘는 기간 동안 택배는 1층 임시 보관함으로 배달되고 음식 배달도 마찬가지이다. 오래전부터 공사 날짜와 함께 쌀이나 생수 같은 무거운 것은 미리 배달시켜 놓으라고 공지되었다. 재난과 전쟁 대비 마냥 생수는 베란다 가득 주문해 쌓아 놓았고 본래 배달 음식은 잘 먹지 않는 터라 별 상관없지만 현관문 앞 새벽 배송이 되지 않으니 꽤 불편하다. 오랜만에 주말이면 남편과 일주일치 장을 보는 일정이 생겼다.

우리 집은 5층이라 엘리베이터 공사쯤이야 쉽게 생각했다. 하지만 여름인 지금 수영장에서 에너지를 소진하고 집에 올 때, 4kg가 나가는 뽀기를 안고 하루 두 번 산책 후 귀가할 때, 쉬운 일이 아니란 걸 실감했다. 방송 촬영이라도 있는 날에는 평소엔 신지 않는 구두를 신고 지하 2층 주차장까지 7층 거리를 오르내리느라 발등이 까지기도 했다.

이렇다 보니 '남의 불행으로 내 처지를 위안 받는 못난 짓은 하지 말자'는 나의 평소 신념에도 불구하고 자꾸만 '20층 사는 사람도 있는데 5층 사는 내가 힘들다 하면 안 되지.' 하는 생각이 든다.

노인들을 생각해도 마찬가지다.

우리 아파트는 유난히 거주자 연령층이 높은 편인데, 고층에 사는 노인들은 아예 외출 자체를 자제하는 듯하다.

뽀기 산책 때마다 쫓아오시며 '애 안 낳고 개만 키우는 집'이라고 온 동네 우리 집 사정을 홍보해 주시던 할머니도 엘리베이터 공사를 시작한 이후로 뵙지 못한 지 오래다.

종일 집 안에만 있는 것이 답답하고 무료해서 아파트 벤치나 근처 공원에 모이던 노인들이 자취를 감췄다. 모여 있다 식사 때가 되면 집에 가 밥 먹고 다시 나오기를 일상으로 삼던 분들이 그냥 걷기도 힘든 무릎으로 고층을 오르내릴 엄두가 나지 않아 집에만 갇혀 있다. 안타까운 상황이다.

노인뿐 아니라 아기가 있는 집도 곤란하긴 마찬가지다.

아직 아장아장 걷는 정도지만 10kg은 족히 넘어 보이는 아기도 매일 어린이집 출퇴근을 해야 하는 처지인지라 엄마 아빠가 고생이 많아 보였다.

그나마 아빠와 함께 집에 오는 날은 아이를 들쳐 업고 올라가던데, 엄마와 아이가 손잡고 올라갈 때는 한층 올라가는 데 한 세월이다. 보는 내가 다 한숨이 났다.

상황이 이렇다 보니 같이 아파트 계단을 오르다 나만 먼저 5층으로 쏙 들어갈 때면 뒤통수에 부러운 시선이 느껴지고 나도 모르게 송구스러운 기분이 든다.

엘리베이터 공사가 뭐라고 계단을 오르내리며 꽤나 철학적인 생각이 들곤 한다.

'어느 인생에나 각자 짊어지고 가야 할 무게가 있고 누구도 대신해 줄 수 없다.'라든가,

'천천히 올라가다 보면 결국 도착한다. 모든 일에는 끝이 있다.' 같은 잡념들이다.

하지만 무엇보다 많이 드는 생각은 '엘리베이터란 참 고마운 존재이구나!'라는 점이다.

사람은 당연한 줄 알았던 것이 사라지고 나서야 소중함을 깨닫는 어리석음을 반복한다.

건강도, 사랑하는 사람도, 평온한 일상도 마찬가지다.

지금 누리고 있는 것 중에 당연한 것은 없다. 매 순간 감사하며 살아야 하는 이유다.

우리 동네 패션 테러리스트

요즘 나의 외출 의상의 대부분은 아주 구리다. 일명 '패션 테러리스트' 상태다.

하루 두 번 뽀기 산책이 나의 외출의 대부분인지라 세탁이 용이하고 편한 운동복 차림이 좋다.

거기에 뽀기 물병과 배변 봉투를 담은 복대를 허리에 차고 양쪽 무릎 보호대까지 찬 모습이 아주 가관이다.

수영장 갈 때도 산책용 복대 대신 목욕 바구니를 들었다는 차이가 있을 뿐 별반 다르지 않다.

나도 한때는 패션에 죽고 사는 때가 있었다.

서울대학교는 매우 넓을 뿐 아니라 학교 내부도 관악산처럼 오르막 내리막이 심하다. 20대 초반에 그런 험한 곳을 하이힐 신고 뛰어다녀서 그런지 젊은 나이에 무릎이 나갔다. 거기다 추운 겨울에도 속옷이 보일까 무서운 짧은 치마를 입고 다녔는데 그래서인지 무릎에 풍이 들었나 싶다.

요즘은 하이힐에 짧은 치마를 입은 젊은 친구들을 보면 보기만 해도 내 무릎이 다 아프다. 어떻게 저렇게 다니나 싶다. "안 추워? 발 안 아파?" 소리를 듣던 패기 넘치는 젊은이에서 이제는 역으로 '저렇게 입으면 안 춥나. 발 아플 텐데….' 하는 생각이 자연스레 드는 입장이 되어버렸다.

생각해 보면 옷에 관심이 사라지게 된 건 백수가 되고 뽀기를 키우기 시작한 시점보다 훨씬 전으로 거슬러 올라간다. 이런 나의 변화에는 미니멀리즘에 빠진 것과 의사로 일하며 근무복이 생긴 것의 영향이 컸다.

본디 물욕이 없는 편이라 세계적으로 유행한 미니멀리즘의 기류에 탑승해 이를 실천하는 일이 그리 어렵지는 않았다. 특히 옷 같은 경우는 1년 동안 단 한 벌도 사지 않은 해도 있다.

어차피 출근해서는 수술복 위에 흰 가운으로 갈아입기 때문에 더 그랬다. 출퇴근 인사하는 몇 초 외에는 남들에게 사복 입은 모습을 보여줄 일이 없으니 새 옷이 필요하지 않았다. 어쩔 때는 일어나서 세수도 안 하고 엘리베이터 타고 아파트 지하주차장으로 내려간다. 운전해서 병원 지하주차장에 도착해 엘리베이터 타고 올라가 바로 근무복으로 갈아입는다. 그런 생활을 하다 보니 잠옷을 입고 출퇴근한다 해도 별 상관이 없었으리라.

미니멀리즘 시기를 거쳐 이제는 뽀기 산책 시 필요한 용품을 챙기되 양손을 자유롭게 쓰기 위한 복대와 어깨에 메는 핸드폰 줄 같은 아이템들까지 더해지니 진정한 패션 테러리스트로 거듭나게 되었다.

이런 나지만 방송 촬영 있는 날과 아빠 외래 진료를 동행하는 날에는 구두를 신고 옷도 갖추어 입는다. 새 옷은 아니지만 내가 가지고 있는 옷 중 격식 있는 옷을 깨끗하게 세탁해 단정하게 입으려고 노력한다.

그럼에도 엄마는 내가 출연한 방송을 볼 때마다 옷 좀 사 입으라 성화다. 방송에 같은 옷을 너무 자주 입고 나온다는 것이다. 그렇지만 내가 의상 협찬을 받는 연예인도 아니고 촬영 때마다 새로운 옷을 구입할 수도 없는 노릇이다. 무엇보다 어차피 옷 위에 흰 가운을 입기 때문에 출연 의사의 가운 속으로 살짝 보이는 옷의 다양성에 대해 신경 쓸 사람은 그 의사 가족밖에 없다는 것이 나의 생각이다. 계절마다 네다섯 벌 정도만 있으면 같은 프로그램에서 똑같은 옷을 입는 방송 회차는 한 달 정도의 주기로 돌아오니 이 정도면 충분하다 생각한다.

헤어 메이크업 같은 경우 촬영 전 방송국에서 받는 것과 달리, 아빠 외래 진료에 동행할 때는 직접 공들여 화장한다. 병원에 갈 때는 옷도 평소와 달리 겨울에는 패딩보다는 코트를, 여름에는 블라우스에 정장 바지와 치마를 입고 구두를 신는다.

서울대병원이 전 직장이기에 신경이 쓰이는 것도 있거니와 아빠 치료를 도와주시는 교수님과 간호사 선생님께 예의를 갖추고 싶은 마음이다. 그리고 무엇보다 아빠 본인이 병원에 올 때 신경 써서 옷을 입고 깔끔한 모습으로 오고자 노력하신다. 그래서 나 역시 아빠의 보호자로서 동행할 때는 화장도 하고 옷차림에 신경을 쓴다.

지난겨울 엄마가 패딩에 솜바지를 입고 병원에 따라왔더니 아빠가 엄마의 옷차림에 대해 탐탁지 않아 하셨다는 이야기를 들었다. 엄마는 "너네 아빠는 아파도 멋쟁이야! 멋보다는 따뜻하게 입는 게 중요하지." 하셨지만, 엄마도 나도 아빠가 환자라고 꾸미지 않는 것보단 지금처럼 본인을 가꾸고 자기 관리를 하는 것이 기쁘고 감사하다.

아파서 몸이 힘들다 보면 외적으로 가꾸는 일에 소홀해질 수밖에 없다.

그래도 깨끗하게 씻고 보습 크림도 꼼꼼히 바르고 양치질도 잘 하고 손발톱도 길지 않게 정리하는 것이 위생상, 건강상 매우 중요하다.

뿐만 아니라 청결하게 관리되지 못하면 환자 기분도 우울해진다.

때로는 수치심도 느끼고 '이렇게 살아 뭐 하나….' 하는 생각에 삶에 대한 의지까지 꺾일 수 있다.

그러니 아프더라도 여력이 되는 한 외모를 단정하게 가꾸는 것이 꽤나 중요한 일이다. 환자 스스로 어려우면 옆에서 챙겨 도와주어야 한다.

예전 일하며 본 환자 중에 췌장암 말기 남자 환자가 있었다. 그런데 무슨 사연이 있나 싶을 정도로 가족들이 환자에게 소홀했다. 보호자로 장성한 자녀 둘에 아내가 있었는데, 환자 상태가 좋지 않아 상주 보호자가 병원에 있어야 하는 상황에 마지못해 돌아가며 자리만 지킬 뿐 다들 환자 케어에 별 뜻이 없었다. 환자가 씻지도 못하고 피부 각질이 허옇게 올라와 벅벅 긁어 대는데도 누구 하나 간단히 씻기거나 물수건으로 몸이라도 닦아주는 이가 없었다. 주변 환자들에게 피해가 될 정도로 냄새도 나고 손톱은 길게 자라 꺼멓게 때가 껴 있는데 그 손톱으로 상처가 날 정도로 긁어 대니, 결국 보다 못한 병동 간호사가 '위생상 환자에게 좋지 않으니 손톱도 잘라드리고 물수건으로라도 닦고 보습 크림이라도 발라드려라.' 말하고 나서야 어쩔 수 없이 대충 하는 척만 했단다.

'죽고 나면 태워지거나 땅에 묻혀 썩을 육신인데 아픈 사람이 씻고 손발톱 자르는 것이 뭣이 그리 중하냐.' 생각할 수도 있겠지만, 사소해 보여도 인간으로서 존엄성을 지키는 문제이다. 마지막까지 많이 망가지지 않고 떠날 때 정갈한 모습으로 떠나고 싶은 게 대다수 사람의 바람이다.

산책 나갈 때, 수영장 갈 때 옷은 비록 패션 테러리스트의 차림일지라도 매번 깨끗이 세탁한 좋은 향기가 나는 옷을 입으려 노력한다. 흰 티셔츠는 금방 목이 늘어나고 주변이 누렇게 변색되기 때문에 싼 걸 사서 한 철 입고 버리는 편이 낫다. 운동화 역시 마찬가지다. 비싼 것보다는 적당한 가격의 신발을 사서 자주 세탁해 신고 때가 되면 바꿔주는 게 필요하다.

요즘 나는 나름의 패션 철학이 있는 패션 테러리스트이다.

서울특별시 경계경보 발령!

—

새벽부터 기괴한 기계음 소리에 놀라 잠에서 깼다. 경계경보 발령을 알리는 긴급 재난 문자 소리였다.

"오늘 6시 32분 서울지역에 경계경보 발령. 국민 여러분께서는 대피할 준비를 하시고, 어린이와 노약자가 우선 대피할 수 있도록 해 주시기 바랍니다."

시끄럽게 울리는 폰 소리를 멈추고 다시 누웠다.

북한에서 탄도미사일을 발사할 예정이란 소식을 이미 뉴스에서 보고 알고 있었기에 더욱 망설임 없이 다시 잠을 청했다.

북한이 미사일을 발사했다 한들 뭐 어쩌라고.

내 집을 두고 어디를 대피하라는 것인가. 6.25 피난 시절 생각해서 집 밖에 나갔다가 오히려 머리 위로 미사일이 떨어질 수 있다. 지하로 대피하라는 말도 있던데 폭격당해 지하에 갇히나 지상에서 무너져 내리나 매한가지라는 것이 내 생각이다.

할리우드 SF 영화를 좋아하지 않는 내가 특히나 극혐하는 스토리가 있다.

'지구는 더 이상 인간이 살 수 없는 환경이 되자 새로운 인류의 정착지를 찾아 우주로 떠난다. 온갖 역경을 이겨내고 새로운 행성에 도달한 탐사대는 희망을 발견하고 지구인들은 이주를 준비한다.'

이런 스토리의 영화는 남편의 설득과 부탁으로 하는 수없이 몇 편 보았지만 역시나 공감하기 어렵다.

일단 나는 전제 자체가 그들과 다르다.

영화가 성립되기 위해서는 '지구에서 더 이상 살 수 없는 상황이 되면 인간은 우주로 이주해서 삶을 이어가고 싶어 한다.'라는 전제가 성립해야 되는데, 나라는 인간으로선 이해할 수가 없다.

'지구가 인간이 살 수 없는 환경이 되면 그만 살아야지! 뭘 먼 우주까지 가서 살고자 하나. 그 먼 곳까지 가는 길도 그렇고 새로운 행성의 신인류가 되어 처음부터 개척하며 살 생각을 하다니. 생각만 해도 고단하다! 고단해! 나라면 절대 안 가.'

우주 덕후인 남편은 만일 우주행 티켓이 생겨도 절대 가지 않을 거라는 나를 벌써부터 꾸준히 설득 중이다.

긴급 재난 문자를 무시하고 다시 누워 있는데 얼마 지나지 않아 또다시 요란한 기계음이 울린다. "서울특별시에서 발령한 경계경보는 오발령 사항임을 알려드림."

더 자긴 글렀군.

이미 두 번의 소란에 뽀기도 깨버려서 일어나서 아침밥 달라고 난리다.

긴급 재난 문자가 오지 못하도록 설정을 바꿔야겠다 생각하며 하는 수 없이 몸을 일으켰다.

마침 아빠 종양내과 진료가 있는 날이라 일찍 깬 김에 여유 있게 준비하고 나가기로 한다.

아빠는 이미 진료 두 시간 전에 먼저 와서 혈액검사를 받고 병원 카페에서 기다리고 있다. 뒤늦게 확인한 가족 단톡방도 새벽에 있었던 소란에 대한 이야기가 한창이다. 언니 친구네 가족은 짐을 싸서 집 밖으로 나오기까지 했단다.

과거에는 수년간 출근하던 직장이었고, 요즘은 보호자로서 방문하고 있는 서울대병원.

올 때마다 느끼는 거지만 세상에는 아픈 사람들이 참 많다.

나는 지하철 네 정거장 거리지만 지방에서 오는 환자는 해도 뜨지 않은 새벽부터 준비해서 왔을 것이다. 기차를 타고 온 사람도 있을 것이고 배 타고 비행기 타고 전날 출발해서 온 사람들도 있을 것이다.

환자들의 모습을 보니 갑자기 오늘 새벽 나의 행동이 반성된다.

삶에 대한 의지로 힘든 치료를 견디고 있는 사람들 앞에서 숙연해진다. 일순간도 동요되지 않았던 나 자신이 부끄럽다.

심지어 주사약이며 소변 줄이며 주렁주렁 달고 있는 입원 환자들은 대피하고 싶어도 할 수가 없다. 환자들이며 의료진이며 많이 놀라고 당황했겠다 싶다.

'진인사(盡人事, 사람이 할 수 있는 일을 다하고) 대천명(待天命, 하늘의 뜻을 기다린다)'

의사로 살면서 죽고 사는 일은 하늘에 달렸다고 생각되는 일을 많이 겪었다. 모든 의료진이 이 사람은 힘들겠다 생각했지만 기적적으로 회복하는 경우도 있고 반대로 전혀 예상치 못한 죽음도 있다.

비록 사람 목숨이 하늘의 뜻이라 할지라도 '진인사(盡人事)'를 간과해서는 안 된다.

먼저 할 수 있는 최선을 다하는 것이 중요하다.

앞서 '지구에서 살 수 없게 되면 그만 살면 그만!'이라 했지만 그건 나만 생각했을 경우고, 사랑하는 가족을 위해서라면 다르다. 아무리 험난한 여정이 예상된다 할지라도 우주로 가는 비행선에 탑승할 것이다. 사람이 할 수 있는 일은 다 할 것이다.

오늘 아빠의 종양내과 외래 진료는 예정했던 마지막 항암 치료 처방을 받는 날이라 의미가 깊다.

2022년 12월 수술 후, 2023년 1월부터 6회를 예정으로 시작했던 '젬시타빈+젤로다' 치료가 오늘 받은 한 달치 처방을 마지막으로 종료된다. (3주 투약, 1주 휴약. 1회당 한 달이 소요되는 치료이다.) 교수님과 추가로 항암치료를 하는 것이 재발 방지를 위해 의미가 있는지에 대해 상의했는데 이번을 마지막으로 공식적으로 종료하는 것으로 결정되었다.

8번의 선 항암치료와 5회 방사선치료, 수술과 6번의 후 항암치료까지.

할 수 있는 것을 다 했으니 진인사(盡人事)는 다 했고, 이제는 대천명(待天命)의 시간이다.

치료가 종료된 후에도 재발 여부 확인을 위해 정기 검진을 받아야 한다. 석 달에 한 번 CT 검사를 하고 마음 졸이며 결과를 기다리는 건 어쩔 수 없겠지만, 할 수 있는 것은 다 했으니 이제는 몸도 마음도 휴식할 시간이다.

강한 의지를 가지고 힘든 과정을 잘 견뎌준 아빠에게 감사하다.

6월 아빠가 마지막 항암 주사를 맞는 날에는 다 같이 모여 케이크 파티라도 해야겠다.

백수의 특권
책 읽을 시간이 충분합니다

—

동네에 구립 도서관이 있다. 내가 사는 아파트에서 걸어서 5분 거리다. 새로 생긴 지 몇 년 되지 않아 시설도 깨끗하고 대여도 인당 5권씩 가능하다.

자고로 세금이란 이렇게 쓰여야지.

납세자로 뿌듯함을 느끼며 개관 때부터 알차게 사용하고 있다.

나는 책을 좋아하는 아이라면 한 번쯤 듣게 된다는 '책벌레' 별명을 가졌던 아이였다.

밥 먹고 읽으라는 엄마의 눈초리를 피해 밥상 밑에 책을 숨기고 보던 아이는 커서 선생님 몰래 입시와 관련 없는 소설책을 읽다 들켜 꾸중 듣는 소녀로 자랐다.

성인이 되어서도 책에 대한 나의 열정은 식지 않았다. 유럽에 가도 유명 관광지보다는 그 나라 서점이 더 궁금했고 동남아 여행에서 제일 좋아하는 시간은 수영장 썬 베드에 누워 책 읽는 시간이다.

내게 있어 편안한 시간을 즐기기 위해 필요한 준비물이 있다면 그건 책이고, 마음이 어지럽고 힘이 들 때 필요한 것도 역시 책이다.

백수가 되어 좋은 점 중에 하나는 맘껏 책을 읽을 수 있는 여유 시간이 있다는 점이다.

문제는 타고나길 급한 성격에 각종 시험에 특화된지라 책 읽는 속도가 남다르게 빠르다는 점이다.

두껍지 않은 에세이나 소설은 두세 시간이면 끝난다. 재미있는 책은 재미가 있어서 속도 제어가 안 되고, 재미없는 책은 '후딱 읽고 끝내 버리자.' 싶은 마음에 속도 제어가 안 된다.

사정이 이렇다 보니 집 앞에 도서관이 생기기 전에는 주말이면 대형 서점에 가는 것이 우리 부부의 데이트 코스였고 도서 구입 비용도 꽤나 들었다.

아날로그적 취향이 강해 전자책이 아닌 종이로 된 책만을 고집하다 보니 다 읽은 책 처리도 문제였다. 나름 미니멀리스트로서 꼭 소장하고 싶은 책이 아니면 바로 중고 서점에 팔거나 주변에 선물을 했다.

집 앞에 도서관이 생기고 나서는 도서 구입 비용 문제와 보관 처리 문제 모두 해결되었다. 공짜로 책을 빌릴 수 있고, 읽고 나면 홀가분하게 돌려주면 된다니. 여러모로 유용하다. (쓰다 보니 출판 업계의 수익 창출 및 발전에 저해되는 사람이 된 것 같아 민망해진다. 심지어 본인의 책 출판을 계획하고 있는 사람으로서 송구스럽다.)

주로 대여 서비스를 이용하는 편이지만 가끔은 도서관에서 책을 읽기도 한다.

주말에는 자리가 없을 정도로 사람이 많다. 어린이용 도서 코너와 노트북 사용 가능 구역이 따로 마련되어 있어 부모님과 함께 온 아이들부터 노트북 작업을 하는 청년들, 동네 어르신들까지 이용 연령대도 다양하다.

그런데 학생들 중에는 독서가 아니라 문제집 풀이나 동영상 강의 시청을 하고 있는 친구들이 많아서 아쉬운 마음이 든다. 자습 시간에 시험과 관련 없는 소설책을 읽다 들켜 선생님의 걱정 어린 안수기도를 당한 경험이 있는 사람으로서 공부와 관련 없는 책 따위 읽을 여유가 없는 아이들 상황이 안타깝다. 지식 쌓기와 같은 목적성을 띤 읽기만 반복하거나, 장기적 학습 능력 고취를 목적으로 강요된 독서를 한 아이들은 독서의 즐거움을 깨닫기 어렵다.

참 좋은데. 참 재미있는데.

특별한 장비도 필요 없고, 언제 어디서든 할 수 있고.

나이 먹어서도 할 수 있는 참 좋은 취미인데.

책만이 줄 수 있는 위로와 공감과 깨달음과 세계의 확장과 말로는 다 할 수 없는 힘이 있는데.

너무 좋아서 나만 알고 있기 아깝고 안타깝지만, 주변에 책을 읽으라는 권유를 하는 건 어려운 일이다. 뭔가 잰 체하는 사람처럼 보일까 싶고 무례하게 느껴질까 염려스럽다. 상대방도 평소 책을 즐겨 읽는다면 내가 읽고 좋았던 책을 선물하거나 추천할 수 있겠지만 그렇지 않은 성인에게 독서가 주는 행복을 설파하는 것은 위험천만한 일이다.

조카 같은 아이들에게도 독서를 권유하는 것이 망설여진다. 본인이 좋아서 읽는 책이 아니라면 오히려 독서에 반감이 생길까 싶어서다. 어려서부터 책을 즐겨 읽었던 것이 나의 학습 능력과 학업 성취에 기여한 바가 크다는 사실은 부정할 수 없지만, 아이들에게 독서가 그런 목적으로 강요되어서는 안 될 일이다.

독서가 주는 순수한 즐거움을 스스로 깨닫지 못한다면 결코 책을 좋아하는 아이가 될 수 없다. 그런 아이가 책을 좋아하는 성인으로 자랄 수 없는 것도 당연하다.

독서가 주는 순수한 즐거움은 인생에게 얻을 수 있는 행복 중 하나이다.

아직도 엄마는 내가 책을 읽고 있다 하면 "좀 쉬지, 힘들게 책을 읽고 있냐." 라고 하시지만, 내게는 독서가 휴식이고, 취미 활동이고, 에너지를 재충전하는 시간이다.

독서는 거창한 장비를 갖춰야 할 필요도 없고, 수영처럼 특별한 장소에 가지 않고도 할 수 있는 취미 활동이다. 그래서 책을 좋아하는 환자라면 병원에서도 충분히 즐길 수 있는 취미 생활이 독서다.

반나절 넘게 주사를 맞아야 하는 낮 병동 환자나, 입원 환자 중에 주사 치료를 받으면서 책 읽는 분들을 종종 본다. 그러면 무슨 책을 읽고 있는지 궁금하기도 하고 괜스레 반갑기까지 하다. 같은 취미를 공유하는 동족을 만난 기분에 반갑고, 병원이라는 불편한 곳에 머물러야 하는 와중에 나름의 즐거움을 누리고 계신 것 같아 안도감이 든다.

요즘은 유튜브나 넷플릭스 같은 OTT를 병원에서도 편히 이용할 수 있게 되면서, 책 대신 휴대폰이나 태블릿 PC를 보고 있는 환자들이 훨씬 많아졌다.

우리도 아빠가 암 진단을 받자마자 태블릿 PC를 주문해서 아빠에게 선물했다. 남편과 함께 친정에 가서 필요한 프로그램도 깔고, 아빠 폰과 연동도 시키고, 사용법도 설명해 드렸다. 물론 사용법 설명은 나 대신 친절한 남편이 맡았다.

아빠는 일하면서 컴퓨터 사용에 능숙한 터라 태블릿 PC 사용법도 금세 익혔다. 그리고 항암치료를 위해 입원할 때마다 아빠의 태블릿 PC가 열일 하고 있다는 소식을 엄마에게 전해 들었다.

아빠의 병원생활에 그나마 위안이 되어주는 것이 있어 다행이다. 그것이 책이건 태블릿 PC건 무엇이건 힘든 시간을 버틸 수 있는 위로가 되어주는 것이 있다는 건 참으로 감사한 일이다.

가족,
그 애증의 역사

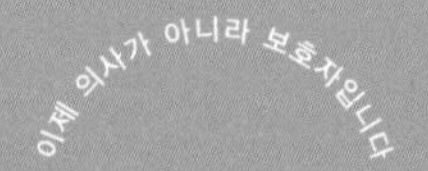
이제 의사가 아니라 보호자입니다

조카의 멀미

걱정을 해서 걱정이 없어지면 걱정이 없겠네

—

내년이면 초등학교에 입학하는 조카가 멀미에 대한 걱정과 불안으로 유치원에서 가는 현장학습 체험에 빠졌다 한다.

조카는 작년 가족여행 때 멀미로 형부 차에 토를 한 이후 차 타는 걸 거부해 왔다. 시간이 조금 흐르면 괜찮아질 줄 알았는데 해가 바뀌어도 나아질 기미가 보이지 않는다.

이후로 유치원 소풍이며 차를 타고 이동해야 하는 각종 행사도 다 빠졌고 조카에게는 할머니 할아버지인 엄마 아빠 집이며 이모인 우리 집도 거의 방문하지 못했다.

이번 현장 학습도 전날부터 불안에 떨며 짜증을 부리고 있다는 언니의 실시간 가족 단톡방 중계가 있었다. 가족 모두 한마음으로 조카에게 응원을 보냈지만 결국 당일 아침 울고불고 실랑이 끝에 가지 못했다는 비보가 전해졌다.

나도 어릴 적 멀미가 심했고 지금도 남이 운전하는 차를 타면 멀미를 하는지라 그에 대한 두려움은 잘 알고 있다. 심지어 남들도 함께 타고 있는 밀폐된 공간에서 구토를 한다는 것이 얼마나 치욕스러운 일인지 몸소 경험해 보았기에 조카 마음이 이해가 되면서도 대체 언제까지 그럴 건지 답답하기도 하다.

예기불안 – 아직 일어나지 않은 미래에 대한 일에 대한 부정적인 사고와 이로 인한 불안감.

우리 집안의 걱정과 불안은 그 뿌리가 깊다.

수십 년째 불안장애의 일종인 강박장애를 앓고 있는 엄마와 역시나 불안장애 범주에 속하는 공황장애로 수년간 치료받았던 나, 엄마와 비슷한 오염 강박 증상을 보이는 언니와 벌써부터 예민하고 걱정 많은 조카까지. 대를 이어 전해진다.

엄마의 오염 강박(바이러스, 세균 같은 더러운 것에 오염되는 것에 대한 심한 불안과 그로 인한 강박적 사고와 행동)은 단순히 지나치게 깔끔하다는 정도를 넘어서서 일상생활이 어려운 정도이다. 너무 자주 씻어 손은 피가 날 정도로 벌어진 상처가 가득하고, 집에 뭐가 고장이 나도 외부 사람의 방문을 허락하지 않기에 웬만한 정도는 그냥 참고 살며, 외부로의 외출도 어렵다.

불안이라는 것은 주변인들에도 전염된다.

DNA에 박혀 있는 선천적 타고난 기질에 걱정과 불안이 심한 양육자의 양육 태도와 그로 인한 후천적 학습까지 더해지면 대를 이어 불안이 유전되는 불행이 발생한다.

반대로 불안도가 낮고 안정적인 사람과 함께하는 것은 주변 사람도 그렇게 변하는 데 큰 도움이 된다. 나 역시 몇 년간의 약물치료와 명상 수련의 도움도 있었지만 무엇보다 안정적인 성품의 남편 덕분에 불안의 늪에서 빠져나올 수 있었다.

살면서 가벼운 접촉 사고라던가 우리 집 베란다에서 시작된 아랫집에 누수 사건과 같은 일이 있을 때면 원만하게 해결되지 않을까 봐 나는 전전긍긍이다. 반면 남편은

"돈으로 해결할 수 있는 일이 발생했고, 우리에게 그만한 경제적 여유가 있는 것에 감사하자. 돈으로 충분히 해결할 수 있는 일에 대한 지나친 걱정으로 시간과 건강을 낭비하는 것은 어리석은 일이다. 또한 건강상의 문제같이 돈만으로는 막을 수도, 해결할 수 없는 일에 대해 걱정하고 불안해하는 것은 역시 소용없고 어리석은 일이다." 말하며 나를 달래준다.

이런 남편과 십수 년째 함께 하다 보니 나도 걱정과 불안에 대해서는 꽤나 통달한 듯하다.

이제는 내 안의 불안을 스스로 다룰 수 있는 기술도 있고, 과도한 걱정과 불안에 휩쓸리지 않을 자신도 있다.

사실 합리적이고 적당한 정도의 불안은 동기 부여도 되고 성공적인 인생에 꼭 필요하다. 예를 들어, 시험 성적에 대한 불안은 '성적이 떨어질까 불안하다 → 불안하니 공부를 한다 → 성적이 잘 나온다'와 같은 연쇄 반응으로 긍정적인 결과를 불러온다.

반면에 불안의 정도가 지나치게 되면 그 불안에 잠식되어 걱정만 하고 막상 불안 요소에 대비하고 해소하기 위한 행동은 실천하지 못하는 경우가 흔하다. 예를 들어, 시험 결과에 대한 불안으로 걱정만 하느라 막상 공부는 하나도 못하고 '회피'라는 방어기제를 사용해 밤새 게임으로 현실도피를 한다던가, 오염 강박이 있는 사람이 한번 씻기 시작하면 두세 시간은 걸릴 것이 걱정돼 시작을 미루다 아예 씻지 못하는 경우다.

그런데 세상일이라는 게 막상 일이 벌어지고 나면 염려했던 것보다 견딜 만한 경우가 흔하다. 경험하고 나면 뭐 그렇게까지 걱정하고 두려워했나 싶은 경우가 많다.

아빠가 처음 암 진단을 받았을 때 걱정했던 것과 달리 아빠는 모든 과정을 훨씬 잘 이겨내 주었다. 그리고 힘든 순간도 있었지만 상상하고 두려워했던 것과 달리 기쁘고 행복한 시간이 더 많았다.

암 환자를 치료하던 의사로서 자꾸만 모든 경우의 수를 예상해서 통제하려 하고 벌어지지 않은 일에 대해 미리부터 불안해하며 최악의 상황까지 상상한다. 그런 나 자신을 발견할 때면 잠시라도 내 안의 불안을 다스리는 시간을 갖는다.

'이것은 내 안의 불안일 뿐 아빠를 위한 것이 아니다.'

내가 불안해하고 걱정한다고 해서 아빠가 나을 수 있다면 산속 동굴에 나 자신을 가둬두고 밥도 안 먹고 잠도 안 자며 걱정만 하겠지만, 전부 소용없는 짓이다.

자꾸 쓸데없는 생각으로 머리가 복잡할 때는 5분이라도 그 자리에서 눈을 감고 천천히 호흡하며 명상을 한다. 과거에 대한 후회와 미래에 대한 불안은 접어 두고 현재 나의 들숨과 날숨에 집중하는 훈련이 명상 수련의 시작이다.

조카도 어린 나이지만 나름의 방식으로 깨달음을 얻고 멀미와 차를 타고 이동하는 것에 대한 불안을 이겨내야 할 텐데 '걱정이다.'라고 쓸 뻔하다 지웠다. 걱정 대신 응원을 보낸다. 유치원 방학 때 이모 차로 짧은 거리부터 이동하는 연습을 해보자고 해야겠다.

'걱정을 해서 걱정이 없어지면 걱정이 없겠네.'

티베트 속담의 깊은 뜻을 조카가 이해하는 날이 곧 오겠지.

내가 원하는 모양의 사랑을
줄 순 없는 건가요?

—

엄마에게 한바탕 쏘아붙였다.

사건은 겉으로만 보면 간단하다. 아빠 외래 진료 날 엄마가 아빠 손에 내게 보낼 조기 구이를 들려 보냈고, 화가 난 내가 전화로 엄마에게 화를 냈으며, 엄마가 울었다.

부모가 정성껏 음식을 해서 보내면 감사히 받아먹지는 못할망정 무슨 배은망덕한 짓이냐 할 수 있겠지만, 속으로 들어가 보면 그렇게 간단한 이야기가 아니다.

엄마와 나 사이에 기나긴 애증의 역사가 존재한다. 패턴은 비슷하다. 늘 이런 식이다. 뻔히 내가 싫어할 걸 알면서도 엄마는 '너를 위해서'라는 명목으로 자기가 원하는 대로 하고 만다. 결론은 둘 중 하나다. '다음부터는 제발 하지 말라!'는 나의 부탁과 '다음부터는 절대 하지 않겠다!'는 엄마의 약속으로 적당히 마무리되는 경우가 있고, 지금처럼 나의 분노와 엄마의 눈물로 끝나는 경우가 있다.

내 변론을 해보자면,

먼저 엄마가 보내는 음식을 내가 달가워하지 않는다는 사실은 엄마 또한 익히 알고 있다.

일단 엄마는 음식을 잘하지 못한다.

음식 솜씨 자체도 그다지 좋은 편이 아니고, 강박증이 있다 보니 조리 시간도 남들의 두세 배는 걸린다. 재료를 씻고 또 씻기를 반복하고, 멸균의 의지로 하다 보니 굽거나 끓이는 모든 결과물이 오버쿠킹이다.

반면에 나는 음식을 잘하는 편이다. 무엇보다 빠르다. 음식을 준비하는 것에 스트레스도 없다. 요리가 힘든 엄마 입장에서는 자식을 생각해 힘들게 준비해서 보내는 것이지만, 내게는 그만한 가치가 없다.

레지던트 시절 한창 바쁠 때, 엄마가 밥을 냉동시켜 놓고 먹으라며 보내던 때가 있었다. 나로서는 이해가 되지 않는 일이다. 아무리 바빠도 우리 집 밥솥에는 언제나 밥이 있다. 요즘 세상에 버튼 하나 누르면 전기밥솥이 다 해주고 정 급하면 즉석밥도 있는데 대체 밥을 왜 싸주냐는 말이다. 나는 냉장고에 음식을 쌓아놓는 것 또한 싫어한다. 놔두면 다 쓸 일이 있다고 처박아 놓으면 냉동실에 출처도 기억나지 않는 고대 유물들이 쌓이게 된다.

몇 번이나 거절의 의사를 밝혔음에도 본인의 기준으로 판단하고 본인의 고집대로 밀어붙인다. 속된 말로 지랄을 떨어줘야 멈춘다.

조기 구이도 마찬가지다. 나는 조기를 먹지 않는다. 남편이 좋아해 조기나 굴비 같은 비린내 나는 생선을 양가에서 보내주실 때를 제외하고는 내가 원해서 사 먹는 일은 없다. 스무 마리가 있으면 스무 마리 전부 남편이 먹고, 나는 남편이 뼈를 발라 밥 위에 얹어준 살 두어 점 먹는 것이 전부다. 엄마가 음식 보내는 걸 내가 무척이나 싫어한다고 알고 있으면서, 심지어 내가 좋아하지도 않는 조기 구이를 보내다니.

엄마도 워낙 잘 알고 있었기에 부러 내게 묻지도 않고 아빠 편에 들려 보낸 것이다.

그게 나를 더 화나게 한다.

부모의 사랑과 정성이라는 겉모습을 하고 있지만, 병원에서 마주한 조기는 내게 일종의 폭력이었다.

이번 일에 더 화가 나는 건 조기를 들려 보낸 엄마 속내가 뻔히 보이기 때문이다.

아빠 외래 진료에 본인은 동행하지 않고 나만 전담하는 것에 대한 미안한 마음을 이것으로 퉁 치고 싶었으리라.

본래 아빠 진료 날 동행하던 엄마가 어느 날부터 오지 않기 시작하더니, 이제는 아빠가 따라오지 말라고 했다며 발길을 끊은 지 오래다.

엄마가 외출 준비하는 데 드는 시간이 남들의 곱절은 되다 보니 아빠 성격상 차라리 혼자 오는 것이 속 편할 것이다. 어차피 진료실에는 내가 아빠와 함께 들어가니 엄마가 굳이 따라올 필요도 없다.

다만 이전에는 엄마도 같이 병원에 와서 진료 시간 두 시간 전에 먼저 와 피 검사하고 기다리는 시간 동안 아빠랑 같이 커피도 마시고 온 김에 내 얼굴도 보고 했었는데 이제는 아니다.

최근에 방사선종양학과, 간담췌외과, 종양 내과 외래 진료가 줄줄이었는데, 엄마 딴에는 음식을 보내는 것으로 보상하고 싶었나 보다.

지난주 진료 날 아빠 편에 블루베리를 보냈길래, "이번에는 보냈으니 잘 먹겠지만 다시는 병원 오는 아빠 편에 이런 것 보내지 말아 달라." 분명히 말했건만, 며칠 지나지 않아 조기 구이를 보낸 것이다.

나는 돌려 말하는 사람도 아니다. 속으로는 받고 싶은데 예의상 거절하고 보는 사람이 아니라는 것을 가족들도 잘 알고 있지만, 자꾸만 이런 일이 반복된다.

엄마가 자신은 외래에 오지 않고 나만 오는 것에 대해 약간은 미안하고 약간은 민망한 마음을 가지고 있다는 것은 이미 알고 있었다.

어차피 엄마가 온다고 해서 내가 가지 않을 것도 아니기에 내겐 별다를 바 없는 일이다.

그래도 가끔씩 엄마가 와준다면 같이 커피도 마시고, 대학로 구경도 하고, 내게 위안이 될 것이다. 냄새나는 조기 구이보다 천 배, 만 배 위로가 될 것이다.

아무리 비닐로 밀봉했다 하더라도 혹시라도 냄새가 새어 나갈까 싶어 진료실에는 가지고 들어가지 못하고 주인 없이 방치된 채 나를 기다리던 조기 구이는 지금 우리 집 냉동실에 처박혀 있다.

엄마와 이런 갈등이 되풀이될 때마다 '소와 사자의 사랑 이야기'가 생각난다.

서로를 사랑한 소와 사자가 있었다.

소는 사자를 위해 열심히 신선한 풀을 뜯어다 주었고, 사자는 소를 위해 열심히 사냥을 해 신선한 고기를 가져다주었다. 물론 사자와 소 모두 상대방이 정성껏 준비한 것을 먹을 수 없었고, 시간이 흐를수록 서로를 원망하게 되었다.

서로 사랑했지만, 서로가 원하는 것을 주지 못했다.

참으로 애달픈 이야기다.

언니 Part.1

가족, 그 애증의 역사

—

나에게는 연년생의 언니가 있다. 결론부터 말하자면 우리 자매는 그리 친하지 않다.

단순히 친하지 않다는 표현으로는 충분하지 않을 것이다. 가족이지만 언니는 내가 좋아하는 여성상, 인간상과는 거리가 멀다. 가족이 아니었다면 관계는 이미 끊어졌을 것이다. 언니 역시 나에 대해 비슷한 감정일 것이다.

책에 언니에 대한 이야기를 어느 정도 써야 할까 고민했다. 출판된 후 그녀에게 상처가 될 것이고 이것은 내 입장에서 쓴 내 글이니 본인으로선 억울한 면이 있을 것이다.

그렇다. 이것은 내가 쓴 글이고 내 책이다.

내 생각과 감정을 속이는 글을 쓰고 싶지 않다.

'거짓으로 쓰지 않는 대신 그냥 언니에 대한 내용은 아예 안 쓰면 되잖아.' 하기에는 아빠의 암 투병과 함께한 나의 이야기를 쓰면서 언니와 엄마에 대한 이야기를 뺄 수는 없었다. 쓰지 않는 것만으로 거짓된 책을 쓴 것과 다를 바 없다. 그래서 고심 끝에 쓰기로 결정했고 나로서도 쉬운 결정은 아니었다.

여기서부터는 철저히 내 입장에서 쓰는 글이다.

우리 자매는 정말 다르다.

생긴 것도 다르고 성격도 다르고 살아온 방식도 다르고 가치관도 다르다.

어릴 때는 많이 싸우기도 했지만 친한 자매였다. 연년생이기에 초 · 중 · 고등학교 모두 한 학년 차이로 같은 학교를 나왔고 언니가 본인 친구들과 노는 데 나를 데리고 가 주기도 했다. 언니 친구들과 이대, 신촌으로 쇼핑도 가고 HOT 콘서트도 가고. 그때가 우리 자매가 제일 친했던 시절이 아니었나 싶다.

지금 와서 생각해 보면 관심사가 너무 달라서 잘 지낼 수 있었던 것 같기도 하다. 언니와 친구들은 키가 크고 외모도 화려해서 관심을 받는 무리였다면, 나는 부동의 전교 1등으로 유명한 아이였다. 언니의 옷과 화장품에 내가 탐을 낸 적 없고 언니가 특정 옷을 입고 나가겠다 하면 그것이 내 옷일지라도 나는 다른 옷을 입으면 그만이었다. 언니 역시 내가 인터넷 강의를 듣겠다 하면 군말 없이 컴퓨터를 양보하고 자리를 비켜줬다. 큰 갈등이 없었던 이유는 서로가 배려 깊고 관대한 사람이라서라기보다는 그저 각자에게 중요한 것이 달랐기 때문이었다.

오히려 성인이 되고 나서 서서히, 거기에 몇 번의 이벤트가 더해지며 때로는 급격히, 우리 자매의 사이는 멀어졌고 지금의 상황에까지 이르렀다.

언니 입장에서 나는 이기적이고, 냉정하며, 공감 능력이 떨어지고, 남에게 상처를 주는 사람이고 (언니의 입장을 내가 추측한 것이므로 이 정도 표현은 한참 부족할 수 있음을 다시 한번 밝힌다.) 내 입장에서 언니는 독립적이지 못하고, 책임감과 실천력이 부족하며, 자존심은 세지만 자존감은 낮은 사람이다.

이 이야기를 하려면 이쯤에서 엄마가 등장해야 한다.

언니와 나의 엄마. 너무나 다른 두 딸을 낳고 키운 엄마.

성인인 딸이 늦잠을 자면 회사에 대신 전화해서 애가 아프다고 거짓말해 준 엄마. 아직도 마흔 된 딸의 치과 예약을 대신해주는 엄마.

"엄마가 그래서 언니가 그런 거야!"

이 말이 엄마를 얼마나 발끈하게 하는 말인지 알면서도 기어코 내 입에서 그 말이 튀어나오고야 마는 일이 반복된다.

최대한 신경 끄고 살자 다짐해도 가족이다 보니 연을 끊지 않는 이상 엮여 들어가는 상황이 자꾸만 생긴다.

나는 언니가 못마땅하고, 엄마는 언니를 못마땅하게 여기는 내가 못마땅하다.

그 역사는 말하자면 매우 긴데, 어려서부터 엄마의 지시로 언니의 미술 숙제 따위를 내가 대신했던 일은 너무 사소하고, 언니 대학 수시 입학원서 작성 때 언니네 반 담임 선생님이 나를 불러 자기소개서를 대신 작성하게 했던 일도 언니가 부탁한 건 아니니 넘어가자. 지금 생각해도 가여운 나의 대학생 시절. 조기 졸업한다고 31학점씩 들으며 과외를 몇 개씩 하느라 밥 먹을 시간이 없어 몸무게가 44kg 나갔지만 장학금 받으며 용돈 받지 않고 생활하는 나 자신이 내심 뿌듯했다. 그러다가도 대학생이 화장품을 샤넬만 쓰는데도 "너네 언니는 명문대가 아니라 과외를 못하는 것이 안타깝다." 라며 명품 화장품을 사주고 기꺼이 받아 쓰는 모녀의 모습을 보고 있자면 왠지 억울했다.

나로서는 이해하기 힘든 언니와 그걸 용인하는 엄마와는 더는 함께 살기 힘들다 생각할 때쯤 다행히도 내가 자취를 해서 나가 살게 되었다. 떨어져 사니 한동안 괜찮았다. 각자 결혼을 하고 언니는 전업주부로 조카를 키우고 나는 눈코 뜰 새 없이 일하며 살았다.

원래도 다른 사람, 다른 삶을 살았지만 어릴 적 서로 달랐기에 그럭저럭 잘 지냈던 우리는 조카가 태어나고 그해 나는 대학병원 레지던트가 되면서 서로를 이해하기에는 각자의 삶이 달라져도 너무 달라져 버렸다.

그쯤 언니는 자신의 이야기를 토로할 상대가 필요했고, 나는 가족 단톡방에 종일 사소하고 불필요한 카톡을 보내는 언니가 참으로 한가하다 생각했다.

언니는 주말부부를 하며 육아로 힘든 자신의 이야기를 들어줄 사람이 필요했고, 나는 전업주부면서 자신은 독박 육아라 특히 힘들다는 언니의 말을 이해할 수 없었다.

언니는 아이가 없어 육아가 세상에서 제일 힘든 일임을 공감하지 못하는 동생이 원망스러웠을 것이고, 나는 출산 날까지 수술방에서 일하다 백일도 안 된 애를 두고 복귀하는 동료들을 떠올렸다.

언니는 남들 다하는 남편 흉, 시댁 흉에 맞장구쳐주지 않는 동생이 불만이었을 것이고, 그쯤 나는 정신 건강을 위해 부정적인 생각과 말을 삼가는 수련을 시작했고 내 한계를 넘어 부정적인 말을 쏟아내는 이들을 멀리하기 시작했다.

언니는 강남에서 월급쟁이 외벌이로 생활하는 것이 얼마나 경제적으로 부족한지 토로했고, 나는 언니가 원하는 대답이 아닌 줄 알면서도 그럼 조카를 어린이집에 맡기고 언니도 일을 하라고 답했다.

언니는 자꾸만 재건축이 미뤄지는 노후된 아파트 단지에서 이사를 반복하며 사는 것의 고단함을 토로했고, 나는 언니 욕심만 버리면 시부모님이 사주신 강남 아파트 전세 비용으로도 충분히 강북 신축 아파트에서 살 수 있다고 조언했다.

언니는 조카를 키우느라 자기 시간이 없어 힘들어했고, 나는 어린이집에서 낮잠을 못 잔다는 이유로 왜 조카만 몇 시간 일찍 하원시키는지 이해할 수 없었다.

언니는 여기저기 몸이 아프다 했고, 나로서는 아프단 말을 달고 사면서 병원에 가지 않는 언니를 이해할 수 없었다.

언니는 애 키우느라 바쁜 사람에게 운전 연수를 받으라 하는 내 충고가 듣기 싫었고, 나로서는 조카가 유치원에 간 사이 충분히 시간이 있음에도 코로나가 터지자 택시도 못 탄다며 울상인 언니가 답답했다.

언니는 아닌 척했지만 전업 주부인 자신이 맞벌이 부모보다 아이에게 헌신한다는 묘한 자부심을 느끼는 것처럼 보였고, 나는 딸에게 진취적이고 독립적인 여성의 본보기를 보여주는 것이 중요하다 믿는 사람이었다.

그렇게 언니와 나의 사이는 차곡차곡 멀어지고 있었다.

언니 Part.2

내가 기억하는 그날의 사건은 이렇다

—

먼저 앞서 밝혔듯 이 글은 철저히 나의 입장에서 쓰인 것이며 언니의 기억과 입장은 다를 수 있음을 다시 한번 강조한다. 미래에 내 책을 마주하게 될 언니의 입장을 고려했을 때 나 역시 마음이 편치 않다. 그럼에도 도저히 쓰지 않고는 못 배길 날들이 있었다.

내가 기억하는 그날의 사건은 이렇다.

아빠의 건강 검진 결과 CA 19-9 암 표지자 수치가 높게 나왔고, 다가오는 토요일에 복부 CT 검사를 기다리고 있던 와중이었다. 가족 단톡방에는 그저 확인차 하는 검사이니 너무 염려치 말라고 말해 두었다. 나 스스로를 다독였지만 두렵고 불길한 마음을 숨길 수 없었다.

당시에는 내가 언니에게 기대하는 마음이란 것이 남아 있었나 보다.

실은 이런 상황이다 나누고 싶은 마음 반, 그래도 언니도 자식이고 장녀인데 미리 언질이라도 해줘야 하지 않나 싶은 마음 반.

언니에게 조카와 밥이나 먹자고 연락했다.

나중 언니 말로는 "네가 별일 아니라기에 묻지 않았다." 했지만, 짐작건대 언니는 회피하고 싶었던 것 같다.

그렇지 않고서야 평소 불안과 염려를 다스리지 못하는 걸로 엄마 못지 않은 언니가 아빠에 대해 따로 묻는 연락 한 번 없을 리 없었다. 와중에 이미 자신과 거리를 두고 지낸 지 오래인 내가 먼저 만나자 했으니 무슨 일이 있어 보자는 건 아닌지 충분히 의심해 볼 만한 터였다.

만나서도 언니는 아빠 검진 결과와 앞둔 검사에 대해 묻지 않았다. 언니네 집 앞에서 만나 음식점으로 이동하는 내내 언니는 조카에게 정신이 팔려 있었다.

유치원생 조카가 걷기에도 그리 멀지 않은 거리였지만 가는 내내 언니는 조카의 눈치를 살폈다.

"힘들지 않아? 다리 아프지? 걸을 수 있겠어? 킥보드를 가지고 올 걸 그랬다. 엄마가 미안해."

우스운 건 조카는 보채거나 힘들어서 못 걷겠다는 표현을 하지도 않았다는 점이다.

엄마인 언니는 조카의 표정만 봐도 힘들다는 걸 알고 미리 달래준 건지도 모른다. 하지만 나는 언니가 과하다고 생각한다. 나는 조카가 동년배 대비 걷기를 비롯한 신체 활동이나 근력이 부족하다 생각하고 평소 염려하는 바이다. 참고로 음식점도 언니가 정한 곳이다. 애를 키워본 적 없는 내가 생각 없이 먼 곳으로 정한 장소가 아니라는 말이다.

이미 언니도 나도 다소 지쳤지만 어쨌든 음식점에 도착했다. 면 요리를 좋아하는 조카를 위한 중국 음식점이었고 테라스가 있어 바깥 테이블에 자리를 잡았다. 아직 코로나 시국이라 실외가 안전하기도 했고 5월이라 날도 좋았다.

음식을 시키고 기다리는 와중에도 언니는 아빠 이야기를 꺼낼 틈을 주지 않았다. 내가 오늘 보자고 한 이유를 눈치 채고 일부러 그러나 싶을 정도였다.

가만히 있는 조카에게 "이따 엄마가 포도 주스 줄게." 말하자, 조카는 지금 달라고 했다.

평소에도 언니는 조카가 좋아하는 주스나 단 간식을 챙겨 다니곤 한다. 나는 이 역시 불만이다. 영양학을 전공한 가정의학과 의사로서 당연히 좋은 소리가 나올 수 없다.

거기에 엄마, 언니는 조카가 밥을 잘 먹지 않는다고 늘 걱정이다. 나 어릴 적 밥그릇 들고 쫓아다니며 "한 입만 더 먹자!" 애원하던 엄마는 이제 손녀인 조카에게 똑같이 애원하고 있다.

"간식을 주니까 밥을 안 먹지! 억지로 먹으라고 강요하면 더 먹기 싫어. 배고프면 다 먹게 되어 있어."

내 입장에서는 열 번 말할 거 꾹 참고 한 번 하는 말이지만 언니 입장에서는 듣기 거북했으리라.

가만히 잘 있는 애한테 포도 주스 이야기를 꺼내자 조카가 보채기 시작했다. 드디어 음식이 나왔는데 이번에는 음식에 먼지가 들어갔다고 불평하기 시작했다.

머리 위로 나뭇가지가 드리워진 실외 자리다 보니 그랬나 보다. 건져내고 이제 먹어도 괜찮다 해도 조카 성에 차지 않았다. 아예 새로 음식을 떠서 줬지만 또 먼지가 떨어졌다며 거부했다.

이때 내 심정은 정말 참담했는데, 아빠 이야기는 꺼내지도 못했거니와 오염 강박이 있는 엄마와 언니를 조카가 벌써 따라 하고 있었기 때문이다.

이미 언니는 컵에 물을 따라 음식점 수저를 헹군 후였다. 식당에 가면 엄마가 늘 빼먹지 않고 하는 행동이다. 언니는 엄마에게서 배웠고, 조카는 언니에게서 배웠다.

'불안은 전염되는 거다. 유전적인 성향도 있고 양육 환경에 의해서도 유전된다. 강박증은 불안장애의 일종이다. 제발 애 앞에서는 조심해라.'

엄마와 언니에게 몇 번이나 주의를 줬지만 그 즈음 조카는 마스크 벗기를 주저했고 말하지 않아도 손 세정제를 찾았다.

'제발 그만 좀 해! 언니의 불안을 애한테 전가하는 건 제발 그만둬!

애를 위한 거란 핑계 대지 마! 얘도 엄마랑 언니처럼 키우고 싶은 거야?

더럽다고 집 밖에 나가 놀지 못하게 할 때, 비 온다고 위험하니 학교에 못 가게 할 때, 손에 진물이 나도록 매일 씻고 닦는 엄마를 볼 때, 언니는 행복했니?

불안과 강박에서 벗어난다는 게 얼마나 힘든 건지 몰라?

나 역시 이 정도까지 오는 것도 정말 힘들었어! 이 아이도 같은 걸 겪게 하고 싶지 않아! 제발!'

언니가 수저를 씻을 때 속이 부글거렸지만, "엄마랑 똑같은 짓 하고 앉아 있다." 볼멘소리로 넘어갔다.

아직도 그날 벌어진 일련의 사건들의 중간도 오지 않았다니 새삼 놀랍고 지친다.

이날의 이야기를 쓰기까지 고민하고 고민했다. 1년이 넘는 시간이 걸렸다.

한 가지 확실히 하고 싶은 것은 조카는 절대 버릇이 없거나 떼를 쓰는 아이가 아니라는 점이다. 예의 바르고 친구들에게 양보도 잘하고 눈치도 빠르다. 좋은 성품을 가지고 태어난 아이다.

그래서 더 안타까운 마음이 든다. 아무리 조카라도 내 자식이 아니기에 물러나 있지만 눈앞에서 벌어지는 일들은 지켜보기 힘들다.

뒤이어 이어진 일들에 대해 빠르게 적어보자면, 다음과 같다.

조카는 면 요리에 이어 탕수육까지 먼지가 묻었다며 거부하기 시작했고 조카는 면발을, 언니는 탕수육을 식탁에 휙 던졌다. '먼지가 묻은 음식을 골라내다'라는 표현을 하기에는 여분의 그릇도, 냅킨 위도 아니었다.

집게와 가위를 사용해 조카가 먹기 좋은 크기로 탕수육을 자르던 언니가 너무나 당연하다는 듯 먼지 묻은 탕수육을 식탁 위로 내던졌을 땐 구역질이 나올 것 같았다.

나중에 상황을 곱씹으며 언니는 집에 가서 조카를 혼낼 생각이었다고 했다. 조카가 혼나야 하는 일이라고 절대 생각하지 않는다. 혼나야 할 사람이 있다면 성인인 언니다.

'먼지가 묻은 음식이라도 치우는 분과 같이 식사하는 사람을 생각해서 이렇게 버리면 안 되는 거야. 이제부턴 여분의 그릇이나 냅킨 위에 버리자.' 가르쳐 주면 될 일이다. 혼낼 일이 아니라 부모로서 어른으로서 가르쳐 줘야 할 일이다. 언니에겐 그런 가르침을 준 이가 없었던 걸 가여워해야 할까.

이때도 나는 말하지 못했다. 언니가 조카 육아나 교육에 관해서 상당히 방어적이고 어떠한 조언이나 훈수도 달가워하지 않는다는 걸 익히 알고 있었기 때문이다. 열 번 말할 거리가 있어도 아홉 번은 말하지 못했다는 게 이런 거다.

결국 먹는 데 관심이 없어진 조카에게 언니가 유튜브를 틀어주었다. 아직까지 아빠 이야기의 '아'도 꺼내지 못했다.

"무슨 유튜브야? 가족이 나오고 있구나."

화면에서는 조카만 한 나이의 아이와 부모가 나오고 있었다. 연기자로 보이진 않고 실제 가족이 촬영해서 올린 영상 같았다.

"나는 어린애들이 유튜브에 나오는 건 좀 아닌 것 같아. 아무리 애들이 원했다 해도…."

"나도 평소에는 밥 먹을 때 영상 거의 안 보여줘!"

'자신의 영상이 전 세계에 공유되는 일의 의미를 아이가 정확하게 이해하고 동의했다 보기 어렵고, 수익 창출 목적으로 출연을 강요받게 되는 부작용도 있고. 실제론 아이를 학대하면서 단란한 가정인 척 연기한 해외 유튜버 부모가 구속된 일도 있대.'라고 채 덧붙이기도 전에, 신경질적인 언니의 대답이 날아왔다.

언니 눈치 보느라 이모로서, 어른으로서 해야 할 말도 못 하고 있던 차에 오해까지 받으니 황당하고 억울했다.

"언니. 나 그 얘기 한 거 아니야. 조카에게 영상 보여준다고 언니를 비난하지 않아. 애에 관해서는 언니가 너무 방어적이고 예민해서 내가 뭔 말을 못 하겠어."

싸우자고 한 말은 아니었는데 언니의 발작 버튼을 눌러 버렸다.

"집에 가서 혼내려고 했어. 다른 애들은 훨씬 심해. 다른 엄마들도 훨씬 심해. 나는 애한테 엄한 편이야."

"언니. 난 애를 혼내야 한다고 한 적 없어. 아까도 보기 불편한 상황들이 있었지만 말도 못 했어."

난 그저 아빠 이야기를 하고 싶었다.

만나서 지금까지 조카에게 정신이 팔려 내게 제대로 된 눈길 한번 주지 않는 언니와 이제는 아빠 얘기를 나누고 싶었다.

지금껏 아빠 검진 결과와 앞둔 검사에 대해 한마디도 꺼내지 않는 언니에게 화가 나려던 참이었다. 화는 눌러 두고 언니가 너무 놀라지 않게, 그러면서도 가족이라면 응당 나눠야 할 얘기를 어떻게 꺼내야 할까 고민하던 차였다.

달려들던 언니가 "너랑은 만나면 안 되겠다!" 하고 내가 하고 싶던 말을 먼저 뱉었다. 나도 더는 기다리지 못하고 말했다.

"나도 마찬가지야! 언니도 내가 거리를 두고 싶어 한다는 걸 잘 알고 있었잖아.

그런 내가 왜 만나자 했는지 궁금하지도 않니?

온통 너랑 ㅇㅇ이(조카 이름)밖에는 관심이 없지?

오늘도 만나서 지금까지 계속 너. 너. 너. ㅇㅇ이. ㅇㅇ이. ㅇㅇ이.
아빠 일은 궁금하지도 않지?"
"…네가 별일 아니라고 했잖아…."

당황한 표정으로 뭐라 말하는 언니를 무시하고 울 것 같은 표정을 한 조카에게
"오늘 이모랑 엄마가 싸워서 미안해.
네 탓이 아니야. 너 때문에 다툰 게 절대 아니야!
엄마랑 이모가 예전부터 풀지 못한 일이 많았어.
다음에 이모랑 웃으면서 만나자."
말하곤 계산서를 들고 서둘러 자리를 나왔다.

현실은 영화나 드라마가 아니다

—

'서로 간에 오해와 불화가 있었지만 가족 구성원의 암 진단을 계기로 가족의 소중함을 깨닫게 되고 함께 도와 어려운 시기를 이겨낸다.' 혹은 '가족의 암 선고에 그간 집착하던 것들의 덧없음을 깨닫고 진정 소중한 것은 사랑하는 이와 함께하는 시간임을 깨닫는다.'

현실은 영화나 드라마가 아니다.
사람은 변하지 않는다. 잠시 변한 척할 뿐이다.
가족을 비난하는 일은 무척이나 힘들다.
혈육을 온전히 이해하고 사랑하지 못하는 심정은 참담하다.

아빠 일과 관련해서 누가 더 많이 하고 있나 재고 싶지 않았다. 엄마, 언니 상관없이 내 몫을 하겠다고 다짐했다. 누구 몫이 더 큰지 비교하고 싶지 않았다. 유세 떨고 싶지 않았다.

그릇이 크지 못한 사람인지라 불쑥 고개 내미는 못난 마음이 아예 없을 순 없었지만 결코 밖으로 드러내고 않고 숨기고 싶었다. 그럼에도 도저히 감출 수 없는 순간들이 있었다.

아빠의 최종 진단 전 언니와 크게 다툰 날의 이야기는 앞서 길게도 적었다. 그로부터 며칠 후 아빠가 췌장암 확진을 받자마자 일하던 병원에 퇴직 의사를 밝혔다. 급히 서울대병원 소화기내과, 간담췌외과, 종양내과 진료를 잡고, 조금이라도 빠르게 진행하고자 외부에서 추가 MRI를 찍어 등록했다.

아는 의사 인맥을 총동원해 아빠 영상 검사 결과를 공유하고 치료에 대해 상의했지만 예상과 달리 바로 수술도 안 된다는 말에 절망할 새도 없이 바로 항암 일정을 잡았다. 첫 항암 치료를 끝낸 아빠를 남편 병원에 입원시켰다.

몇 주의 시간이 흐르는 동안 언니에게 전화 한 번, 문자 한 통 없었다.

가끔 형부를 통해 진행 사항을 묻는 전화를 받거나, 언니가 울고만 있다는 소식을 들을 때면 더 화가 났다. 아무리 나와의 사이가 좋지 않기로서니 아빠가 암 진단을 받은 마당에 내게 직접 연락해 묻지 않는 언니에게 치가 떨렸다.

엄마는 "내가 일부러 하지 말라 그랬다. 안 그래도 네가 아빠 일로 정신없을 텐데, 귀찮게 하지 말라고 했어." 언니를 두둔했지만, 말 같지도 않은 말이라 생각했다.

문자 하나 보내면 될 일이었다.

내가 읽고 답하지 않더라도 언니는 내게 먼저 연락을 했어야 한다. 오늘 간 아빠 진료에서 어떤 소식을 들었는지, 오늘 한 아빠 검사는 어떤 결과가 나왔는지, 자신이 도울 일은 없는 건지.

언니는 내게 연락을 했어야 한다고 생각한다. 아무리 내가 밉고 상종 못할 인간이라 하더라도 언니는 내게 연락을 했어야 한다.

속으론 '네가 아빠 자식이고 의사인데 당연히 네가 해야지!' 싶더라도 겉으로는 '네가 수고가 많다.' 형식적인 인사치레 한마디라도 했어야 했다.

구차하고 치사스러운 말이지만 '네가 낸 각종 검사비, 입원비는 같이 분담하자.'는 연락이라도 먼저 했어야 했다. 언니와 형부가 간곡히 청해도 10원 한 장 받을 마음 없지만 돈 얘기를 핑계로라도 언니는 내게 연락을 했어야 했다.

분한 내 마음이 엄마와 형부를 통해 언니 귀에도 들어갔는지 5월에서 6월로 달이 바뀌자 언니에게 카톡이 왔다. 이미 내 마음은 굳게 닫힌 후였다. 언니에게 답하지 않았다.

내 마음만 생각하면 더는 언니를 보고 싶지 않았다. 하지만 아빠가 있기에 어영부영 마주치게 되었다. 다 같이 모여 밥도 먹고 여행도 갔다.

와중에도 아빠 치료와 관련된 일에 대해선 언니는 없는 사람이라 여기자 마음먹었다. 스스로 외동이라 여기는 게 맘이 편했다. 언니나 형부가 그들이 할 수 있는 선에서 아빠에게 노력한다는 걸 모르는 바 아니다. 음식도 보내고, 자주 안부를 묻고, 무엇보다 조카를 통해 아빠에게 무엇과도 바꿀 수 없는 행복을 드린다. 치료에 관련된 일에만 신경 쓰는 차갑고 무뚝뚝한 나보다 여러모로 살갑게 챙기는 언니가 엄마 아빠에게 더 큰 위로가 됐을지도 모른다. 그렇게 생각하며 언니와 적당한 거리를 두고 지내는 것이 내 정신건강에 좋았다.

그럼에도 다시 한번 마음을 주체할 수 없던 때가 있었다.

수술 후 예정되었던 아빠의 항암치료가 종료된 시점이었다. 지난 1년간 아빠 외래 진료에 늘 내가 동행했다는 사실, 언니는 단 한 번도 오지 않았다는 사실이 내 맘에 울분으로 남았나 보다.

엄마, 언니 상관없이 내가 원해서 한 일이고 결코 이걸로 유세 떨지 않으리라 그리 다짐했건만 결과는 실패다.

수술 후 예정했던 아빠의 항암 치료가 끝나고 이제 석 달 후에나 보자는 교수님의 말을 들었을 때 가족 모두 축하했다. 아빠에게 '수고했다. 잘 이겨내 줘서 고맙다.' 가족 단톡방에 대화가 오가는 와중 못난 마음이 다시 고개를 들었다.

언니가 그동안 내게 따로 연락해 수고했다는 말을 한 적이 단 한 번도 없었다는 게 갑자기 분했다. 이제 와서 왜 그게 서운한 건지 나 역시 내 맘이 당혹스러웠다.

아빠 외래 진료가 있는 날이면 언니는 빠지지 않고 가족 단톡방에 채팅을 했다. 병원은 잘 도착했는지, 진료는 잘 봤는지 확인하는 연락이었다. 그리고 진료가 끝나면 수고했고 잘 들어가라는 카톡도 했다. 주체를 특정한 건 아니었지만 아빠만 수고했고 아빠만 잘 들어가라는 말은 아니었을 테다.

'수고했다.'

그런 인사치레 말 따위 일말의 신경도 쓰지 않으며 살고 있다 여겼다. 나도 내 진심을 알아채지 못했나 보다.

막상 앞으로 석 달 넘게 아빠 병원에 가지 않는다고 생각하니 그동안의 설움이 밀려왔다.

빈말이라도 한번 "나도 같이 갈까?", "네가 아빠 병원에 동행하느라 고생이 많다." 하지 않은 언니.

말은 나와 남편이 고생이라 맘이 아프다면서도 언제부턴가 강박증을 이유로 병원에 오지 않던 엄마.

작년 12월 아빠 수술이 끝나고 10개월의 시간이 흐르는 동안 아빠 진료에 같이 가는 건 나 혼자였다. 아빠가 있었지만 때론 기다리는 시간이 외롭고 무서웠다.

네가 의사이니까. 무슨 말인지, 어떻게 해야 하는지 잘 아니까.

우리는 가도 잘 모르니까. 가도 특별히 하는 일도 없으니까.

쓸모가 있어야만 함께 하는 의미가 있는 건 아니다. 그저 곁에 있어주는 데 의미가 있다.

나 역시 아빠의 모든 외래 진료에 쓰임이 있었던 건 아니다. 그저 교수님 얼굴을 보고 다음 항암 스케줄을 잡고 오는 게 전부인 날도 많았다. 아빠 혼자서도 충분히 할 수 있는 일이다. 그저 아빠와 함께 진료 차례가 오길 기다리고 진료실에 들어가 아빠 곁에 잠시 서 있다 나오는 게 전부인 날도 많았다.

엄마와 언니가 같이 진료실에 들어가지 않더라도 함께였다면 분명 위로가 됐을 것이다. 곁에 있어주는 것, 함께 기다려주는 것만으로도 큰 위안이 됐을 것이다.

이로부터 한참이 지나 엄마에게 이런 내 속내를 내비쳤을 때 "언니가 단톡방에 수고했다 했잖니!" 언니 역성을 드는 엄마 때문에 화가 몇 배로 커졌다.

시부모님이라면 언니에게 연락해 '네가 미처 신경 쓰지 못했구나. 그래도 동생한테 따로 수고했다는 연락 한번 해라.' 하셨을 거다.

남편이 암에 걸린 마당에 위생, 소독, 문단속 같은 그간의 집착은 버리고, '본인이 함께 갈 테니 언니에 대한 미움은 풀어라.' 하실 것이다.

아니다. 아주버님이라면 이미 남편에게 '네가 수고가 많다'는 연락을 아끼지 않았을 것이다.

내 상식은 이러한데 엄마와 언니의 상식은 나와 다르니 상대방에 대한 이해도 인정도 불가능하다. 서로 자기가 옳다 여기며 평행선을 달릴 뿐이다. 엄마와 언니가 나와 같은 상식을 가진 사람일 거라 착각하다니. 나와 같은 상식을 가진 사람으로 변했을지 모른다고 기대하다니.

사람은 잘 변하지 않는다.

사랑하는 이의 암 진단이라는 큰 사건을 겪어도 사람은 잘 변하지 않는다.

잠깐은 '사랑만 하기에도 인생이 짧다. 미워하고 원망할 시간이 없다.' 깨달음을 얻고 변할 수 있을 것 같지만, 사람은 잘 변하지 않는다.

나에게 하는 말이다. 나란 인간의 그릇은 변함이 없다.

아빠의 암 진단이라는 큰일을 겪고도 내 그릇의 크기는 변하질 않았다. 간장 종지만큼 작은 마음 그릇에서 벗어나지 못했다.

엄마는 우리 생각보다 훨씬 강하다

엄마 건강검진이 있는 날이다.

작년 아빠와 내가 함께 건강검진을 받고 아빠 암 진단까지 받게 된 병원에서 엄마도 건강검진을 받는다. 의국 동기가 일하는 검진 센터인데, 작년 아빠와 나, 올해 초 남편에 이어 엄마까지 도움을 받았다. 고마운 친구다.

친구 얼굴도 잠깐 볼 겸 엄마 검진에 같이 갈까 잠시 고민했지만, 엄마 집에서 가까운 곳에 위치한 병원이고 내일모레면 엄마가 서울대병원 흉부 CT 검사를 하러 오기 때문에 그때 대학로에서 만나면 되겠다 싶어 그냥 혼자 가시라고 했다. (엄마 흉부 CT 검사는 1년에 한 번 받는 검사로, 몇 년째 변화 없는 양성 결절이지만 외할머니께서 폐암으로 돌아가셨기 때문에 내가 서울대병원 근무하던 시절부터 정기적으로 받고 있다.)

건강검진 항목도 필요한 걸로 골라 내가 직접 예약했고, 친구에게 엄마가 간다고 말해 놓았고, 엄마 집에서도 멀지 않은 곳이기에 엄마 혼자서도 충분히 할 수 있는 일인데, 언니는 한참 전부터 본인이 동행을 하네 마네 말만 많다.

얼마 전 언니 복부 초음파 검사에 엄마가 따라가기에 말은 안 했지만 '그냥 검진 차원에서 하는 초음파 검사에 엄마까지 대동하고 가다니 참 유별난 모녀다.' 싶었다. 그리고 언니가 엄마 검사에는 본인이 따라가겠다고 하기에 그러려니 하고 별말 하지 않았다.

시간이 흘러 엄마 검진 일주일 전, 조카가 독감에 걸렸고 언니는 본인도 독감에 옮으면 엄마랑 같이 못 갈 텐데 어떡하냐며 수선을 떨기에 역시나 대꾸하지 않았다.

언니는 어차피 가지 않을 것이다. 지금껏 내가 본 언니는 행동보다 말이 앞서는 사람이기 때문이다. 검사 전날 조카와 언니 모두 멀쩡했고, 가족 단톡방에서는 같이 가겠다는 언니와 오지 말라는 엄마의 실랑이가 벌어졌다.

결국 보다 못한 내가 "그냥 엄마 혼자 가도 된다. 위내시경 수면 검사이긴 하지만 엄마가 운전해서 귀가하는 것도 아니고 충분히 깨고 오면 된다. 그 병원은 수면검사라고 보호자 필수 동행해야 하는 곳도 아니다." 개입하고 나서야 엄마 혼자 가기로 결론이 났다.

끝까지 자기 아는 사람은 수면 내시경 받고 택시에서 잠들었다는데 엄마도 조심하라는 말을 붙이는 언니가 밉상스럽다. 나는 말만 앞서는 사람을 싫어한다. 장소와 시간을 모르는 것도 아니고 본인이 의지가 있다면 조용히 가면 그만이다.

그리고 나는 혼자 가는 게 편하다는 엄마의 말이 진심이라 생각한다. 엄마는 아직 60대에 불과하다. 문맹의 팔순 노인도 아니고, 거동이 불편한 것도 아니다.

엄마 혼자 보내는 것이 불안하다면 그건 엄마를 끔찍이 아껴서라기보단 본인의 불안감을 컨트롤하지 못하는 언니 자신의 감정 조절 문제일 뿐이다.

며칠 전 아버지가 폐암으로 투병 중인 친구와 얘기를 나눴는데, 친구는 아픈 아빠보다 간병하느라 고생인 엄마 생각에 마음이 아프다 했다.

친구에게 "나 역시 그런 마음이 들 때도 있지만 다 엄마 팔자고 엄마 몫이다 생각하는 편이 낫더라." 말했다.

이미 여러모로 힘든 친구가 엄마에 대한 연민의 감정에 다른 가족 몫까지 내가 더 해야 한다는 부담감까지 더해지면 감당하기 어려울 것 같았다.

그리고 배우자가 아픈 건 '본인 팔자고 본인이 감내할 몫'인 것도 맞다. 나 역시 과거 남편 투병 때 '내 팔자고 내 몫이다.' 여겼고, 미래에 남편 건강이 안 좋아지는 때가 온다면 역시나 같은 마음으로 내 몫을 다할 것이다.

내가 아프게 되고 남편이 내 간병을 해야 하는 상황이 온다 해도 남편에게 그렇게까지 미안할 것도 없다. 고맙지만 미안한 일은 아니다. 아픈 부인 간병을 해야 한다면 그것 역시 남편의 팔자고 남편의 몫이다.

나는 자식도 없지만, 자식이 대체할 수 없는 배우자의 몫이 분명히 있다.

아빠가 입원해서 진행하는 항암치료를 받는 동안, 엄마가 아빠 보호자로 들어가는 것을 만류하지 않은 이유는 아빠도 나보다는 엄마가 만 배는 편할 것이기 때문이다.

병원 생활에 엄마 몸까지 상하지 않을까 걱정도 됐지만, 그때마다 '엄마에게 주어진 몫이고, 나는 내게 주어진 몫에 최선을 다하면 된다'고 스스로를 다독였다. 역시나 엄마는 잘해냈고 지금도 씩씩하게 잘해내고 있다.

엄마를 내 맘대로 나약하게 여기고 연민의 눈으로 바라보고 싶지 않다.

대신 강인한 엄마를 존경의 시선으로 바라보고 싶다.

아빠 간병도, 오늘 본인 검사도 씩씩하게 해낸 엄마가 자랑스럽다.

엄마와 나의 적정 거리

—

몇 달 만에 엄마를 만났다. 폐 CT 정기 검진을 위해 엄마가 서울대병원에 온 김에 가서 만나고 오는 길이다. 아빠 치료가 입원 없이 주사실에서 한 시간 정도면 맞을 수 있는 항암 주사로 바뀌고 엄마가 아빠 외래 진료에 동행하지 않기 시작하면서 엄마 얼굴을 볼 기회가 없었다.

강박증이 있는 엄마는 흔히 결벽증이라고 알고 있는 오염 강박 외에도 '빈 집에 도둑이 들거나 가스가 폭발하면 어쩌나.' 같은 불안에 외출도 쉽지 않다. 아파트라서 집에 강도가 들거나 가스가 폭발할 확률도 희박하지만, 혹여 그런 일이 벌어진다면 집에 사람이 없을 때 벌어져야 목숨은 구할 것 아니냐 반박해 봐도 소용없는 일이다.

강박 장애는 불안 장애의 일종으로, 일반적이고 합리적인 사고로는 설명할 수 없는 도를 넘어서는 불안과 그에 따른 자신만의 행동 규칙이 있기 때문이다.

엄마는 한번 외출하려면 모든 창문은 닫았는지, 가스 밸브는 잠겼는지, 보고 또 봐야 하고, 심지어 문단속을 한다고 하도 당겨 대는 통에 아파트 현관문 문고리가 뜯어진 적도 있다. 또 나갔다 들어오면 외부에서 묻은 각종 먼지와 바이러스, 균을 제거하기 위해 지칠 때까지 씻어야 하는 어려움까지 있다 보니 엄마는 차라리 외출을 하지 않는 편을 택했다.

스스로를 고립시킨 것이다.

나도 과거에는 그런 엄마를 끄집어 내보겠다고 애썼던 적도 있다.

외출하기는 힘들지만 막상 나오면 누구보다 좋아하는 엄마를 보며 같이 드라이브도 하고, 멋진 카페도 가고, 노력하다 보면 엄마도 변할 수 있을 거란 희망을 품은 적도 있었다.

하지만 그럴수록 엄마와의 갈등에 더해 나의 실망만 커져갔다.

"내가 운전해서 엄마를 픽업하러 가겠다. 내가 엄마 집에 가서 문단속까지 하고 나오겠다."라고 애걸복걸해도 엄마는 대통령보다 만나기 어려운 사람이었다.

한번은 엄마와 나들이 가겠다고 한참 전에 연차까지 써놨는데 바로 전날 못 나가겠다는 엄마의 통보에 나도 너무 화가 나서 "다시는 엄마한테 먼저 만나자 하지 않겠다!" 선언한 적도 있다. 엄마는 매번 "너 일하느라 힘든데 쉬어라. 남편이랑 좋은 시간 보내라." 라는 말로 나를 위한 거절인 척했지만, 그보다는 나가는 게 귀찮고 두려운 마음이 커서 그랬다는 걸 안다.

강박증이라는 병이 단순히 가족의 응원과 본인의 의지만으로는 이겨내기 어려운 병이라는 걸 잘 알고 있다.

그럼에도 때론 엄마의 만남 거절이 나에 대한 거절로 느껴져 상처가 되기도 했고, 더 노력해 주지 않는 엄마가 원망스럽기도 했다.

그리고 어느 순간부터 나 역시 엄마에게 만나자는 말을 더는 하지 않게 되었다. 엄마 아빠 병원 검사나 명절같이 특별한 일이 있지 않는 이상, 이전처럼 '그저 만나서 얼굴 보자. 함께 맛있는 것 먹자.' 같은 목적으로 내가 먼저 만남을 제안하는 일은 그만두었다.

내가 상처받고 지쳤기 때문이기도 하지만, 무엇보다 내가 '엄마를 위한다'는 명목으로 엄마를 더 힘들게 하고 괴롭히고 있는 것일 수도 있겠단 생각이 들었기 때문이다. 사정이 이렇다 보니 이제는 광주에 살고 계신 시부모님과 남편이 만나는 횟수보다 내가 엄마 얼굴 보는 횟수가 더 적을 정도다.

예전에 정신과 선생님으로부터 "친정 식구들을 멀리하는 것이 좋겠다."라는 조언을 들었다. 내게 주신 일종의 처방이었는데, 당시 나는 공황 장애, 우울증 등의 진단을 받고 치료 중이었다.

공황 장애 역시 엄마가 앓고 있는 강박 장애처럼 불안 장애의 일종이다. 불안 역시 유전된다. 불안이 심한 보호자로 인한 양육 환경에 의해 후천적으로 영향을 받기도 한다.

불안도가 높은 친정 식구들과는 거리를 두고 안정적인 성격의 남편과 시간을 보내는 것이 내 치료에 도움이 되기 때문에 그런 처방을 주신 것이다. 더는 엄마를 괴롭히기도 싫고 나도 살아야겠다 싶었다. 처방은 꽤 효과가 있었다. 지금처럼 가끔 보는 것이 서로의 관계 유지와 정신 건강에 나쁘지 않은 방법이었다. 최선은 아닐지라도 차선책 정도는 된다.

내 불안을 어느 정도 다스릴 수 있게 된 후 엄마를 더 이해하기 어려운 마음이 들기도 했다. 약물 치료도 받고, 명상도 하고, 운동도 하고, 나처럼 노력하면 엄마도 좋아질 수 있는데 왜 시도조차 하지 않느냐고 비난하고픈 마음이 들 때도 있었다.

정신건강의학과 의사는 아니지만 의사라는 인간이 몸의 병은 자신의 의지대로 되는 게 아니라고 인정하면서 마음의 병은 본인 의지로 이겨낼 수 있다는 생각을 하다니 부끄러운 일이다.

엄마를 생각하면 가엽다.

다른 엄마들은 좋은 데 놀러 다니고 즐기며 사는데. 돌봐야 할 애가 있는 것도 아니고, 돈이 없는 것도 아닌데 맨날 집에서 씻고 닦으며 사는 엄마를 생각하면 마음이 아프다.

한편으론 화도 난다.

평범하고 수더분한 엄마가 아니라서. 아무거나 푹푹 잘 먹고, 친구들이랑 놀러 가게 용돈 좀 달라고 편하게 말해주는 엄마가 아니라서 화가 난다.

그러다가 또 엄마가 가엽고 안쓰럽다.

수영장에서 "시원하다!" 호탕하게 외치고, 삼삼오오 모여 수다 떠는 아주머니들을 보고 있자면 엄마 생각에 마음 한편이 아린다.

그렇지만 결론이 바뀌진 않는다.

엄마와 나의 거리는 지금이 적절하다.

내 기준에 좋은 삶을 살라고 엄마를 압박할 생각도 없다. 안타까운 마음도 내 생각, 내 마음이다. 내가 처리해야 할 내 감정, 내 문제다.

가족이라고 해서 내 뜻대로 살아주길 바라는 건 헛된 욕심이다.

나는 그때 왜 락스를 마셨을까?

부모가 자녀에게 가지는 바람 중 단 하나를 선택해야 한다면, 단연 건강이 아닐까 싶다.

물론 건강할 때는 그 소중함에 대해 잊고 살기 쉬운지라, 요즘 시대에 '공부는 못해도 되니, 건강하게만 자라다오.' 같은 신념을 100% 실천하는 부모를 찾기란 쉽지 않다. 주말에도, 늦은 밤 시간에도 아파트에 빼곡히 늘어선 학원 차량들이 아이들을 실어 나르는 모습을 보면 이제는 입시 경쟁과 무관한 삶을 살아도 되는 내 처지에 안도한다. 의사라는 직업이 발전하는 의학 기술에 발맞춰 평생 공부해야 하는 신분이긴 하지만 전문의까지 딴 이상 적어도 시험을 위한 공부는 하지 않아도 된다.

그런데 자녀가 있는 친구들을 보면 본인 것이 끝나니 이제 애들 공부로 고민이다. 어려서부터 공부가 특기였던 명문대 출신 친구들이 자녀 학업 문제로 우왕좌왕하는 모습이 꽤나 낯설다. 부부 모두 미국 아이비리그 출신인 친구도 영어 유치원을 보내야 할지, 보낸다면 몇 살부터 보내야 할지 고민을 한다. 너무 일찍 보내면 한국어 능력 발달이 미흡해질까, 너무 늦게 보내면 영어가 뒤처질까 고민된다는 거다. 다들 하는 말이 '우리 때와는 다르다.'던데, 확실한 건 예전보다 경쟁 강도도 세지고, 경쟁을 시작하는 나이도 어려진 것 같다.

20년 전에도 입시경쟁을 부르는 대학 서열화 폐지를 위해 서울대를 없애네 마네 해서, 학교를 다니고 있는 학생 입장에선 상당히 당혹스러웠던 기억이 있다. 그때도 서울대 폐지 무용론을 주장하는 근거로 S대 없어지면 Y대, K대를 가려 할 것이고, 그것도 없애면 다시 남은 학교끼리 서열화가 생길 것이라 예측했다. 대학교 서열을 없애도 학과 서열이 존재할 것이란 예측도 있었는데, 의대 열풍을 보니 우리나라 입시 경쟁은 어떻게 해도 잔존할 거란 예상이 틀리지 않은 듯하다.

공부와 시험으로 그다지 유쾌하지 못한 학창 시절을 보낸 나로서는 상상만으론 '꼴찌라도 좋으니 건강하게만 자라다오!'하는 마음으로 아이를 키울 것 같은데, 막상 자식이 생기면 그렇게는 안될 것이 뻔하다.

반려견 뽀기에게는 일말의 고민 없이 "오로지 건강하기만 해줘." 할 수 있으니 참으로 다행이다. 뽀기는 대소변도 잘 가리고, "손!"하면 손도 주고, "코!"하면 코를 갖다 대는 개인기도 잘한다. 하지만 아무 데나 대소변을 싸도 되고 개인기 같은 건 하나도 못해도 되니 그저 건강하기만 바랄 뿐이다.

하지만 인간이라면 얘기가 달라진다. 건강이 최고이긴 하지만 평생 일하지 않고도 살 수 있는 막대한 재산을 물려줄 수 있는 상황도 아니라면 건강하기만 한 무능력자로 키울 수는 없는 일이다. 자식이 없는 나로서는 이런 고민 없이 살아도 되니 천만다행이다.

어려서부터 공부 못해서 부모님 속 썩인 적은 한 번도 없지만 건강 문제로는 엄청 고생시켜 드렸다.

몸이 약해 잔병치레도 많았지만 각종 사고도 많았다. 청소용 락스를 마시고 죽을 뻔한 일부터 유리 탁자에 부딪혀 눈썹이 찢어진 적도 있다.

뼈가 부러져서 깁스를 한 건 여러 번이고 손톱 빠져, 발톱 빠져, 아무튼 별 짓 다했다.

부모님, 특히 엄마가 이런 나 때문에 맘 고생, 몸고생 심하게 하셨다. 직장도 출근한 엄마 대신 우리 자매를 봐주시던 외할머니가 청소하려고 잠깐 꺼내놓은 유한락스에 내가 입을 대는 사건으로 그만두게 되었다. 내가 서너 살 즈음 일이었다. (나는 기억도 나지 않지만 응급실에서 위세척까지 받았다는데 식도가 녹지 않고 지금껏 잘 살고 있는 걸 보면 아마도 삼키지는 않았을 것으로 추정된다.)

팔 깁스, 발 깁스, 돌아가며 부러질 때마다 몇 달간 나를 씻기고 돌보는 일도 엄마 몫이었다.

초등학생 시절 맹장 수술하고 입원했을 때도 내 간병은 당연히 엄마가 맡았다. 불 꺼진 병실에서 기다리던 방귀가 나왔을 때 엄마 생일에 맞춰 방귀 선물을 줬다며 기뻐하던 엄마의 모습이 지금도 선하다.

엄마가 걱정 근심이 많고 불안도가 높아진 원인에 과거 내 지분이 꽤나 있다는 것은 부인할 수 없다. 자식이 다쳐서 병원에 있다는 전화를 받은 일이 몇 번이나 있었으니 말이다.

의도한 적은 없지만, 많이도 불효를 저질렀다.

자식으로서 건강한 것이 부모님께 효도인 것과 마찬가지로, 부모가 건강하게 오래도록 자식 곁에 있어주는 것이 자식에게 줄 수 있는 가장 큰 선물이다.

내 욕심 같아서는 꼭 건강하지 않으시더라도 그저 내 곁에 오래오래 머물러 주셨으면 하는 바람이다. 내가 어려서 아플 때 밤새 마음 졸이며 열

오른 내 몸을 물수건으로 닦아 주셨던 것처럼, 이제는 내가 반대로 갚을 수 있는 기회의 시간을 충분히 주시길 기도한다. 내가 바라는 것은 그게 전부다.

위로가 되는 관계들

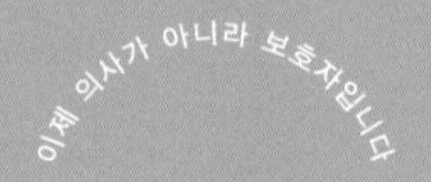
이제 의사가 아니라 보호자입니다

오랜만에 챙겨보는 남편의 생일

—

남편의 사십 번째 생일이다.

우리 부부는 기념일 챙기는 일에 관심이 없다. 기념일이라고 해서 특별한 이벤트나 선물을 주고받지도 않는다.

우리는 결혼반지도 없다. 동거를 오래 하다 먼저 혼인 신고를 했고 결혼식은 바쁜 레지던트 1년 차가 지나고 나서야 했다. 혼수나 예물 따위 전무했다. 결혼식 자체도 우리는 필요하다 생각하지 않았지만 부모님의 성화로 뒤늦게 올렸다.

그러다 보니 남들이 들으면 어이가 없겠지만 우리는 결혼기념일 날짜도 기억을 못 한다. '11월 중순'이 기억의 최선이다. 정확한 날짜를 기억하려면 사진이나 오래된 다이어리를 찾아보아야 한다. 한 번은 시어머니께서 결혼기념일 축하 전화를 주셨는데 막상 당사자인 우리는 전혀 기억하지 못하고 있었다. 그래도 요즘에는 카톡에 생일인 친구 명단이 뜨다 보니 서로의 생일은 잊고 넘어가지 않게 되었다.

이번 남편 생일도 잊고 있다가 며칠 전 엄마가 사위 생일맞이 용돈을 보내주셔서 알게 되었다.

덕분에 전날 국거리용 소고기와 미역 사둔 것으로 이번 남편 생일에는 미역국도 끓여 먹었다. 또 언니가 제부 생일맞이 케이크 기프트콘을 보내주어서 동네 빵집에 가서 생크림 케이크를 사왔다.

요즘은 직접 만나서 생일 선물을 전달하는 경우보단 카톡으로 케이크나 커피, 치킨 기프티콘을 주고 받는 경우가 흔하다. 간편하고 실용적이게 마음을 표시할 수 있는 좋은 문화 같다.

케이크 기프티콘으로 케이크 대신 같은 가격의 일반 빵을 구입하고 계산하는 데도 사용할 수도 있다. 하지만 누구 생일이 아니면 내 돈 주고 생크림 케이크를 사 먹는 일이 없기에 오랜만에 케이크를 샀다. 촛불도 켜고 생일 축하 노래도 부르고 초 끄기 전 소원 비는 것도 잊지 않았다. 그 외에는 평소와 다름없이 보냈다.

남편은 내게 있어 정말 소중한 사람이다.

농담처럼 "나는 의사랑 결혼하려고 의사 됐나 봐." 말하곤 하는데, 아닌 게 아니라 '치열했던 내 인생의 가장 큰 보상과 선물'이 바로 남편이다. 아빠의 암 투병 과정 중에 내가 맘 편히 백수 생활을 영위할 수 있는 것도 남편 덕이 크다. 남편의 정서적, 경제적 지원이 없었다면 불가능했을 일이다.

한 인간으로서 남편이라는 사람 자체를 내가 많이 좋아한다.

내가 지금껏 만난 어떤 사람보다 선하고 합리적이다. 남편과 같은 인간이 되기 위해서는 타고나길 천성이 선하게 태어나야 하고 거기에 부모의 교육과 안정된 가정환경이 후천적으로 더해져야 한다. 그런 조건들이 맞물려서 훌륭한 인간상이 완성되는 일은 쉽지 않은 만큼 흔치 않다. 그런 귀한 레어템을 남편으로 맞이하여 부부로서 인생을 살아갈 수 있음에는 감사한다. 남편 생일을 맞아 시부모님께 '남편을 낳아주시고 길러 주셔서 감사합니다!' 감사 인사라도 드려야겠다.

마지막으로 대놓고 남편 자랑 좀 하겠다. 나의 남편은,

성품이 온화하다./ 외유내강이다./ 내면이 단단하고 안정된 사람이다./ 감정 기복이 크지 않다./ 긍정적이며 회복탄력성이 좋다./ 세심하지만 예민하지 않다./ 성격이 무던하지만 둔하지 않다./ 가족들(나에게 시댁 식구들) 모두 성품이 좋다./ 술을 마시지 않는다./ 담배를 피우지 않는다./ 게임을 하지 않는다./ SNS를 하지 않는다./ 규칙적으로 운동한다./ 부지런하다./ 청소를 잘한다./ 본인 자체도 깔끔하고 나의 위생 기준에 잘 맞춰준다./ 얼굴이 작고 비율이 좋다./ 날씬한 근육질이다./ 외모가 동안이고 준수하다./ 식탐이 없고 같이 먹는 사람을 배려한다./ 음식을 가리지 않고 주는 대로 잘 먹는다./ 욕을 쓰지 않는다./ 말하기 전 신중하다./ 남에게 상처 주는 말을 삼간다./ 굿 리스너다./ 남의 말을 경청한다./ 공감 능력이 뛰어나다./ 좋은 의사다./ 직업이 좋다./ 돈을 잘 번다./ 수의사 면허도 있다./ 검소하다./ 마사지를 잘한다./ 10년 넘게 매일 귀찮은 기색 없이 주물러 준다./ 한결같다.

너무 많아서 끝이 없으니 이만해야겠다.

의사보다는 의사 부인!

—

'의사는 가족만 좋다'는 말이 있다.

의사 본인은 고생만 하고 혜택은 가족과 가까운 주변 사람들만 누린다는 말이다.

의사이자 의사 부인으로 살아보니 틀린 말이 아니다.

의사 부인으로 살고 있는 요즘 생활이 매우 만족스럽다. 내가 의사일 때는 직업적 만족도가 높은 편은 아니었는데, 전업주부로 살아보니 남편 직업이 의사라는 게 참 좋다.

물론 전문의를 따기 전 인턴, 레지던트 시절은 박봉에, 얼굴 보기도 힘들기 때문에 말만 의사 부인이지 좋을 것도 없다. 인고의 세월을 지나 전문의가 되고 시간적, 경제적인 여유가 생기고 난 후에나 해당되는 말이다. 어느새 남편도 나도 전문의가 되었고 심지어 나는 일도 안 하고 놀고 있다. 고생 끝에 낙이 온다는 말이 이런 거구나 싶다.

사실 나도 일을 할 때에는 의사 부인이라고 해서 그리 좋을 것도 없었다.

먼저 전문의가 된 후 상대적으로 여유가 있던 내 입장에서 남편이 고생하는 걸 보는 게 안쓰러웠을 뿐 남편이 의사라고 해서 내가 얻는 실질

적 이득은 거의 없었다.

그저 같은 직업 종사자로서 대화를 나눌 때 의료 용어를 풀어 설명하지 않아도 된다던가, 굳이 말하지 않아도 서로 힘든 점에 대해 깊이 공감한다는 것 정도였다. 물론 이런 부분이 의사 부부 관계에 있어 굉장한 장점이며, 우리 부부의 단단한 관계 형성에도 중요한 요소로 작용했다고 인정한다.

다만, 내가 일을 그만 두기 전에는 남편이 의사라서 내가 특별히 얻은 경제적 이득이나 의료적 혜택은 별로 없었다는 말이다. 돈만 따져도 내 소득이 많았고, 남편의 수입 없이도 내가 버는 돈만으로 모자람이 없었다.

남편이 전문의가 되고 가정 소득이 크게 늘었다고 하더라도 내 생활에 달라진 점은 없었다. 똑같이 일하고 똑같이 스트레스 받으며 살았다.

의료적 혜택도, 남편이 내가 일하던 서울대병원에서 치료를 받으며 직원 가족할인 혜택을 비롯한 혜택을 받으면 받았지, 내가 남편이 일하는 응급실에 실려간 일은 없었다.

그러다 아빠의 암 진단으로 내가 일을 그만두고 나니 많은 것이 달라졌다.

경험자로서 단언컨대, 본인이 의사인 것보다 남편이 의사인 삶이 훨씬 좋다. 돈 잘 벌어오지, 가능한 가족 친지 병원 업무까지 다 처리해 주지. 좋은 점이 너무 많다.

아빠도 선항암치료를 받는 동안에는 서울대병원 퇴원 후 일주일 정도 남편이 일하는 병원에서 머물며 백혈구 촉진제 주사도 맞고 회복 기간을 가졌다. 항암 치료가 끝난 지금도 혹시 몰라 아빠 몸에 심어놓은 케모포트(중심정맥관. 주사를 맞을 때 매번 혈관을 잡을 필요 없이 케모포트를 이용하면 된다. 사용하지 않는 동안에는 막힘 방지를 위해 한 달에 한 번 헤파린을 새로 주입하는 소독을 해줘야 한다.)를 제거하지 않았는데, 한 달에 한 번 해야 하는 헤파린 소독도 남편이 전담해서 해주고 있다. 마침 아빠 직장과 남편 병원이 가까워서 내가 챙기지 않아도 알아서 해결이다. 여러모로 유용하다.

거기에 돈도 잘 번다. 자꾸 속물처럼 돈 얘기를 하는 것 같지만 직업에 대해 얘기하면서 돈 이야기를 빼고 할 수는 없다. 전문의가 되고 난 후에야 해당되는 말이지만 비슷하게 버는 여타의 전문직과 비교했을 때 의사는 야근도 없고 근무 시간도 길지 않다. 남편도 지금은 9시 출근, 6시 퇴근이라 퇴근해서는 뽀기 저녁 산책도 시켜주고 나랑도 놀아준다. 주변 변호사 친구들을 보면 퇴근이 늦는 날이 많아 가족과 충분한 시간을 보내지 못하는 경우가 많다. 가정적인 남편이 되고 싶어도 시간적인 여유가 없다. 반면에 돈 잘 벌어다 주는 가정적인 남편이라니. 내 팔자가 좋다.

인터넷에 '월 200만 원 받는 백수 VS 월 천만 원 버는 직장인' 중에 선택할 수 있다면 무엇을 선택하겠냐는 글을 보았다. 댓글 의견은 다양했다. '나라면 당연히 전자를 택하지.' 하다가 다른 의견의 댓글들을 보니 갑자기 선택이 쉽지 않다.

후자를 택하겠다는 의견을 보면 나중에 본인이나 가족이 아파서 목돈이 필요한 일이 생기면 월 200만 원으로는 모자라다는 의견이 많다.

하긴 그렇다. 그러다 지금 내 상황이 '돈 걱정 없는 백수 신분'일 수 있는 건 모두 남편 덕분이라는 사실이 떠올라 새삼 다시 남편에게 고마운 마음이 든다.

감사한 삶이다.

다정하고, 돈 잘 벌고, 내 가족한테까지 잘하는 남편.

내가 전생에 나라를 구했나.

지금 생활이 언제까지 지속될지는 모르겠지만 '의사 대신 의사 부인!'으로 사는 지금의 삶을 맘껏 즐겨보겠다.

이제 남편 퇴근하고 오면 함께 먹을 맛있는 저녁 준비를 해야겠다.

시댁 때문에 시금치를 안 먹는다고?
저는 시금치를 좋아합니다!

—

남편의 친할머니, 내게는 시할머니인 광주 할머니께서 뇌경색이 왔다.

아흔이 훨씬 넘은 나이에도 간장, 된장, 고추장 담기와 텃밭 농사를 취미로 삼으며 누구보다 건강하시던 분이다.

밤사이 말이 어눌해지고 좌측 몸에 힘이 빠지는 증상이 생겨 대학병원 응급실에 갔더니 뇌경색이었다.

하필 뇌혈관이 막혀 손상된 부위가 연하 기능, 즉, 음식을 삼키는 운동을 관장하는 부위이다 보니 입으로 먹는 것은 모두 금지되고 콧줄을 꽂아 영양분을 섭취하는 상태이다. 뇌 손상으로 음식을 삼키는 기능이 마비된 상태에서 무리해서 입으로 먹다 보면 음식물이 식도가 아닌 기도로 넘어가 흡인성 폐렴이 발생할 위험이 있기 때문이다.

노인에서 이러한 폐렴은 사망률도 높기 때문에 흔히 '사레 걸리다.'라 말하는 일이 생각보다 가벼운 문제가 아니다. 거기다 삼킴 기능 장애는 회복이 쉽지가 않다. 재활에 실패할 경우 여생 동안 먹는 행복은 포기한 채 콧줄로 겨우 칼로리와 영양분을 공급받으며 살게 될 가능성이 높다. 참으로 애석한 일이다.

아픈 할머니도 걱정이지만 가까이서 간병을 해야 하는 시어머니에 대한 걱정을 하지 않을 수 없다. 작년에 남편의 외할머니, 그러니까 시어머니에게는 친정어머니의 치매 간병과 장례를 치르고 얼마 지나지도 않았다. 이제 겨우 요가도 배우러 다니고 지쳤던 몸과 마음을 회복하던 중이셨는데 이제는 시어머니 간병을 해야 할 처지가 되셨다. 딸들이 있다고는 하나 다들 멀리 서울에 살다 보니 여태껏 가까이 살고 계신 아들 내외인 시부모님께서 할머니를 챙기는 일이 도맡을 수밖에 없었다. 이번에도 출근하시는 시아버지를 대신해 밤새 응급실을 지키고 간병하신 분은 며느리인 시어머니다.

남편 대학생 시절까지 할머니와 한 집에 살았으니 시어머니 입장에서는 20년 넘게 시어머니를 모시고 산 셈이다.

시부모님도 이제 노인 경로 우대 적용을 받는 나이인데 부모님들이 아흔 넘게 장수하시다 보니 노인이 노인을 모신다. 예순이 넘은 나이에 아직도 자식으로서 부양과 간병의 책임에서 자유롭지 못하시다. 부모님이 오랫동안 곁에 계셔 주는 것은 분명 감사한 일이나 본인도 노인인데 더 나이 든 분을 모시고 병원에 다니고 간병하는 모습을 옆에서 지켜보자니 안타깝다.

와중에 자식인 우리 부부가 신경 쓰게 만들고 싶지 않다며 의사 아들 며느리에게 연락도 잘 안 하고 최소한의 도움만 요청하신다.

멀리 서울에 살고 있는 내가 할 수 있는 일이라고는 대학병원에서 퇴원한 후 할머니가 이동할 병원을 알아보는 일 정도다. 연하장애(삼킴 장애) 재활이 필요한 할머니는 이 부분에 대한 검사와 재활이 가능한 병원으로 가야 되는데 광주에 연하장애 검사 기계가 있는 병원은 단 세 곳에 불과하다. 그중 두 곳은 전남대병원, 광주기독병원으로 재활 목적의 장기 입원이 어려운 곳이니 결국 나머지 한 곳으로 전원을 결정했다. 나로서는 시할머니만큼 시어머니 건강도 염려되는지라 무엇보다 간호 통합 병동이란 점이 맘에 들었다. 시어머니께서 24시간 상주하며 간병하지 않아도 되는 곳이다. 그럼에도 시어머니는 매일 병원에 가서 시할머니를 찾아뵙고 돌봤다.

시부모님은 남편만큼 따뜻한 분들이다.

시댁이라면 치가 떨려서 시금치도 안 먹는다는 말도 있지만 나에게는 전혀 해당되지 않는 말이다. 친정 식구들과의 갈등으로 속앓이한 적은 많아도 시댁 일로 맘 상한 일은 여태껏 없다.

오랜 시간 공부시킨 의사 아들이 결혼해서 멀리 서울 가서 산다고 했을 때도 흔쾌히 축복해 주셨고 아이를 낳지 않는 우리 부부의 결정이 서운하실 만도 한데 그에 관해 일언반구 하신 적 없으시다.

친정 아빠의 암 진단 이후 직장도 그만둔 며느리가 본인 아들은 일하는 동안 강아지 산책하고 수영에 빠져 사는 모습이 얄미워 보일 만도 한데 싫은 눈치 한번 주시지 않고 응원해 주신다.

얼마 전에도 스피커폰으로 내가 곁에서 듣고 있는 걸 모르신 상태에서 남편에게 "사랑이 친정아버지께 더 잘해야 한다. 우리는 신경 쓰지 말고 처가에 더 잘해라." 하시는 시어머니 음성에 왈칵 눈물이 날 뻔했다.

나는 참 복 받은 사람이다.

힘들 때 남편과 시부모님께 받은 응원과 사랑은 모두 잘 기억했다가 꼭 되돌려 드릴 것이라 다짐한다.

윤 언니의 결혼식

—

오늘은 윤 언니의 결혼식 날이다.

윤 언니, 임 오빠, 김 언니, 나로 구성된 모임의 우정은 근 20년째 이어지고 있다.

애 셋의 아빠인 임 오빠, 자녀 없이 부부로만 구성된 나와 김 언니네, 윤 언니는 40대 싱글녀에서 오늘부로 초등학생 딸까지 있는 재혼 가정을 이루게 되었으니 꽤나 '모던 패밀리' 시대에 걸맞은 멤버 구성이다.

연애 고민이 전부였던 20대 청춘 남녀 시절 시작된 만남은 어느새 가족 부양, 건강 고민, 승진 경쟁, 주식과 부동산 등락 등의 고민을 나누는 모임이 되었다.

그 사이 윤 언니는 30대 나이에 어머니 아버지를 모두 암으로 떠나보냈다. 늦둥이 무남독녀인 윤 언니의 아버지 장례식 때 상주라고는 언니 혼자였다. 전광판 상주 목록에 자식이며 사위 며느리, 손주 손녀까지 가득 찬 빈소들과 비교되게 윤 언니 이름 딱 하나 떠있는 모습이 퍽이나 쓸쓸해 보여 가슴이 아렸다.

초혼인 윤 언니와 달리 결혼 상대가 전처와의 사이에 자녀까지 있는 사람이라고 했을 때도 염려보다 응원을 할 수 있던 건 몇 년 전 엄마에 이어 아빠까지 보내드린 후 애써 괜찮은 척했지만 홀로 외로웠을 언니에게 가족이 생긴다는 점에서 그저 다행이다 싶었기 때문이다.

아빠의 진단 후 윤 언니에게 물은 적은 있다.

나는 정서적으로 경제적으로 지원해 주는 남편도 있고 아빠 입원에 엄마가 함께 하는데도 가끔 감당하기 힘들 때가 있는데 언니는 대체 어떻게 버틴 거냐고.

언니는 "병실에서 쪽잠 자고 출근하던 간병 생활은 30대라 했지, 지금 하라면 못 할 거 같다." 웃으며 말했지만 당시에는 얼마나 힘들었을지 상상조차 힘들다.

김 언니 사연도 못지않다.

춘천에서 교사이시던 어머니 소식은 종종 들었지만 아버지 이야기는 들은 적이 없다. 사연이 있나 보다 하고 부러 묻지 않았었는데 윤 언니 부모님의 죽음, 내 아빠의 암 진단을 계기로 김 언니의 아버지는 언니 고등학생 시절 교통 사고로 돌아가셨다는 걸 뒤늦게 알게 되었다.

조부모님 댁에 갔다 돌아오는 길에 아빠 차와 엄마 차, 차 두 대로 따로 이동을 했고 언니는 엄마 차에 타고 있었다. 길에 큰 사고가 나있는 것을 보고 엄마랑 "저기 교통사고 크게 났네." 하곤 지나갔는데 실은 그 사고 차량이 너무 크게 훼손되어 알아볼 수 없었던 아빠 차였다는 사실을 나중에서야 알게 되었다고 한다.

남편을 사고로 떠나보낼 때 엄마 나이가 지금 본인 나이 정도라며, "그땐 엄마가 너무 힘들어했고 위태로워서 나는 뭐, 그냥." 하며 말 끝을 흐리던 김 언니. 너무 갑작스레 마주한 아픔이었기에 언제나 당당하고 쿨

한 김 언니지만 남들에게 꺼내 보이는데 십수 년의 시간이 필요했으리라.

한번은 나, 윤 언니, 김 언니가 모여, '암처럼 긴 시간 투병하고 가는 죽음과 사고사, 심근경색 같은 갑작스러운 죽음 중에 무엇이 나은가?'에 대해 이야기한 적 있다.

뜻대로 되는 일이 아니기에 하잘 의미 없는 토론이긴 하지만, '투병과 간병의 고통이 있지만 충분한 이별의 시간을 갖는 것이 나은가? 준비하지 못했지만 두려움과 고통의 시간이 길지 않은 죽음과 이별이 나은가?'에 대해 얘기를 나눴다.

결론은 본인의 죽음에 선호하는 이별 방식과 가족을 떠나보낼 때 선호하는 방식이 달랐다. 예를 들어, 본인은 어느 날 예고 없이 죽음을 맞이하고 싶지만 가족은 준비할 시간을 충분히 갖고 떠나보내고 싶다든가 말이다.

그리고 토론의 최종 결론은,

사랑하는 사람과의 이별은 어떤 방식으로도 아쉽고 슬프다는 것이다.

이 땅에서 영생은 없기에 가족의 죽음을 경험하지 않는 유일한 방법은 내가 제일 먼저 죽는 방법뿐이다.

부모, 배우자, 형제자매, 자녀를 모두 제치고 내가 제일 먼저 죽는 것만이 사랑하는 이를 먼저 보내는 이별의 고통을 피할 수 있는 방법이다.

그러나 내가 감내하기 어려운 고통을 사랑하는 이에게 떠넘길 순 없다.

'고통도 죽음도 대신할 수 있다면 뭐든 내가 대신하고 싶다.' 빌다가도,

남은 사람이 겪을 고통을 생각하면 얼른 기도 내용을 바꾼다.

우리에게 오는 고통과 시련을 피할 수 없다면 죽음의 선후관계에 상관없이 더 힘든 사람이 제가 되게 해주십사 기도한다.

떠나는 이가 될 수도 있고 보내는 이가 될 수도 있지만 무엇이 됐건 더 힘든 역할은 제게 주시라 빌어본다.

윤 언니가 결혼하는 경사스러운 날 쓴 글이 너무 청승맞다.

오늘은 윤 언니, 김 언니와 함께 한잔해야겠다. 윤 언니 가게에서 하는 스몰 웨딩인데 신부인 윤 언니는 같이 술 마시게 차는 두고 오라고 성화다. 양가 가족들 없이 친구들만 모여서 하는 자리라 윤 언니 부모님의 빈자리에 마음 아플 것 없이 즐거운 결혼식이 될 것 같다.

결혼식 후기) 지금껏 내가 가 본 결혼식 중 가장 아름답고 즐거운 결혼식이었다.

나의 환자 A 이야기

—

A의 첫인상은 다소 까다로워 보였다.

30대에 발병해서 이제 막 40대가 된 유방암 환자였던 그녀는 수술이며 항암이며 병원에서 시키는 대로 군말 없이 다 받았는데 자꾸만 재발하고 번지는 병으로 의사에 대한 신뢰나 기대가 별로 없어 보였다.

타 대학병원에서 항암 치료를 받고 있던 그녀는 조용한 목소리로 여기저기 불편한 점을 말하곤 '어디 뭐라고 하는지 들어나 보자.' 하는 듯한 표정으로 나를 바라보았다. 그것이 그녀에 대한 나의 첫인상이었다.

이후 자꾸만 재발하는 외이도염에 대한 처방으로 알려준 방법이 효과가 있었는지 그녀는 정기적으로 내 진료를 찾기 시작했고, 지방간, 혈당 관리와 같은 만성 질환 관리를 위해 남편도 내 진료를 보게 했다.

그 과정에서 남편 직장이 우리 병원 근처라는 것과 자녀는 없고 부부와 고양이 한 마리가 함께 살고 있다는 사실도 후에 알게 되었다.

그녀의 차트를 보면 참 길다.

진단 후 2년여의 기간 동안 시도하고 실패한 항암 치료가 너무 많아 담당 종양내과 선생님이 꽤나 곤란하겠다 싶었다.

항암제의 선택은 의사의 재량이라기보다는 조직 검사에 따른 암의 유전자 검사 결과나 이미 정립된 가이드라인에 의해 정해진 것을 따르는 게 거의라서 그녀의 담당 종양 내과 의사의 결정을 탓할 것은 없다.

그렇지만 진단 당시 병기로는 꽤나 기대할 만했던 젊은 환자의 치료 결과가 시도하는 항암제마다 족족 실패로 이어지니 의사 역시 얼마나 당혹스러웠을까.

매번 고열에 심한 백혈구 감소증으로 무균실에 역격리되는 고된 항암 부작용을 겪으면서도 A는 이번 치료는 효과가 있길 간절히 바라며 힘든 치료를 견뎠다. 하지만 결과는 늘 암이 새롭게 재발하거나 커지고 전이되어 이번 항암제도 치료 효과가 없다는 실패 판정을 받았고 또다시 새롭게 사용할 항암 주사를 찾아야 했다. 결국에는 시도한 치료마다 족족 실패해서 더 이상 다음 스텝으로 선택할 만한 항암제 후보도 전무한 상황이 되었고 임상 시험까지 참여했지만 역시나 결과는 마찬가지였다.

사실 나는 치료에 방해가 될 수 있는 환자와의 사적인 유대는 최대한 피하려고 하는 편인데 이상하게 A와는 자연스럽게 친해졌다. 결혼은 했지만 자녀는 없다는 점, 자매와 조카가 있지만 그리 자주 만나지 않는다는 점, 책을 좋아한다는 점까지 우리는 닮은 점이 많았다.

그러다 결정적으로 그녀가 쓴 웹소설을 읽게 되며 우리 사이가 꽤나 가까워졌는데, 인터넷 유료 결제까지 하며 기대 이상으로 재미있게 보았다는 나의 말에 수줍어하면서도 그녀가 그 어느 때보다 기뻐하는 것이 느껴졌다.

그녀의 소설은 내가 평소에 즐겨 보는 일본 소설들과 느낌이 비슷했는데 그런 소설의 장르를 '코지 미스터리(cozy mystery)'라 부른다는 사실도 그녀가 알려주었다.

이후 A가 진료를 올 때마다 우리는 좀 더 속 깊은 이야기도 나누게 되었다.

그녀는 이미 암으로 양친을 떠나보냈는데 아버지는 그녀가 어렸을 때 암으로 돌아가셨고 어머니는 A가 지금 남편과 아직 연애 중일 때 암 진단을 받고 투병하시다 A가 결혼 후 신혼일 때 돌아가셨다고 했다.

본인도 어릴 때 공부를 잘했고 워커홀릭이라 할 정도로 열심히 일했던 시절도 있었단다. 그런데 어느 날 "나는 네가 뭐라도 될 줄 알았다."라는 엄마의 말이 마음에 상처로 남았다고 한다. 엄마 생전 기준에 부합하는 뭐라도 되는 딸의 모습을 보여드리지 못했다는 씁쓸함과 이제는 정말 한 때 뭐라도 될 줄 알았다는 주변의 기대에 부응하지 못하고 끝나버린 인생으로 남는 것에 대한 두려움을 토로했다.

본인들 웹 사이트에 등록해 놓으면 드라마나 영화화될 기회가 높아진다는 말에 싼값에 소설을 넘겼는데, 젊은 나이에 암으로 죽게 될 줄 알았으면 책으로 발간된 '나의 소설', '나의 책'으로 남길 걸 그랬다는 그녀의 말이 아렸다. 또 쓰면 된다고 말하기에는 그녀의 시간이 얼마 남지 않았다는 것을 그녀도 나도 너무 잘 안다.

소위 사람들이 말하는 사회적으로 성공한 사람도 죽음이라는 운명 앞에서는 공평하게 무력하며 오히려 엄마 말씀대로 뭐라도 됐다면 젊은 나이에 이승을 떠나는 게 더 억울하지 않았겠냐는 쓸데없는 말 따위는 아끼고 그저 묵묵히 그녀의 말을 들었다.

그녀는 엄마를 간병할 당시에 살던 은평구에서 아산병원이 있는 송파구까지 엄마를 모시고 치료를 다녔다고 했다. 운전도 못해 대중교통과 택시를 이용해 다녔고 병원에 다녀온 날이면 엄마도 그녀도 완전히 지쳐서 뻗곤 했는데, 엄마가 돌아가신 후 형제자매와 얘기를 나눠보니 아무도 그 공을 알아주지 않더란다.

그래도 자신이 암 환자가 되고 보니 엄마가 그때 이런 점도 서운하고 저런 점도 서러웠겠구나 싶은 것들만 자꾸 생긴다는 그녀는 조카를 핑계로 근처에 차 한잔 마시러 오지도 않는 여동생에게 서운한 마음을 내비쳤다.

그러다 우리도 진료실 말고 카페에서 차 한잔하자는 말이 나왔고 나도 그녀와 대화를 나누는 시간이 꽤나 좋았기에 흔쾌히 그러자고 했다. 그녀의 다음 항암과 회복 일정에 맞춰 곧 날을 잡아 보자고 하던 중 아빠가 암 진단을 받아 내가 병원을 그만두게 되었다.

퇴사 일정이 정해지고 그녀에게도 '아빠가 췌장암 진단을 받아 병원을 그만두게 되었다. A씨 진료를 계속 이어 가지 못하게 되어 미안하다. 원한다면 필요한 처방들은 문제없이 받을 수 있도록 인계해 놓겠다'고 전했는데, 본인 걱정보다 나와 아빠를 염려해 주고 응원해 주었다.

백혈구 감소에 닭발 곰탕이 좋다는 것도 A가 알려 주었다. 자기가 직접 끓여 먹어도 보고 판매하는 완제품도 여러 곳에서 사 먹어 봤지만 어디가 제일 비리지 않고 낫다며 의사는 잘 모르는 팁들을 전수해 주었다. 부모님 두 분에 본인까지 암에 걸려 보호자로 환자로 암과 싸우며 터득하게 된 걸 내게 하나라도 알려주고 싶은 그녀의 진심이 느껴졌다.

통증과 항암치료 부작용으로 밤새 잠 못 들 때도 반려묘 호동이가 무엇보다 위로가 된다며 나의 반려견 입양을 적극 응원해 준 사람도 A이다. 아직도 우리 집에는 그녀가 선물해 준 뽀기 물그릇, 밥그릇이 자리 잡고 있는데 그걸 볼 때면 그녀 생각이 난다.

병원을 그만둔 후에는 그녀가 내 SNS에 방문해 뽀기가 귀엽다는 댓글도 달고 나도 그녀 SNS 계정에 가서 반려묘 호동이 사진에 '좋아요'를 눌렀다.

그러던 중 통증을 비롯해 상황이 점점 더 안 좋아지고 있다는 메시지를 받았고, 어떠냐는 내 메시지에 더 이상 답이 없던 그녀의 SNS 계정이 완전히 정리된 것을 보고 그녀가 세상을 떠났다는 사실을 어림짐작할 수 있었다.

종종 그녀 생각이 난다. 그녀도 나도 사람을 가리고 마음을 열고 친해지기까지 시간이 필요한 사람이었다. 환자-의사 관계가 아니라 다른 곳에서 만났다면 오랜만에 마음이 잘 통하는 언니 동생 사이가 되어 가깝게 지냈을 것만 같아 아쉽다.

긴 시간 힘들었을 그녀가 이제는 편히 쉬길 바란다.

너는 왜 공감하지 못하는 나를 공감하지 못해?

—

남편은 광주 시댁에 가고 뽀기와 나, 단 둘이서 보내는 주말이다.

오랜만에 남편 없이 지내니 얼마 전까지 남편은 오피스텔에서 지내며 출퇴근을 하고 나는 뽀기와 아파트 집에서 지내던 시절 생각이 났다. 작년 초여름부터 올 초까지 반년이 넘는 기간 동안 남편과 나는 주말부부 생활을 했다. 같은 서울 하늘 아래지만 남편은 강남 오피스텔에서, 나는 강북 아파트에서 지냈다.

아빠가 암 진단받기 수개월 전에 나는 출퇴근용으로 병원 앞에 오피스텔을 구했다. 그러다 아빠의 암 진단으로 내가 병원을 그만두게 되면서 오피스텔은 남편이 사용하게 되었다. 마침 남편도 근처 병원으로 이직을 하게 되어 내가 쓰던 오피스텔을 남편에게 넘긴 것이다.

집에서 직장까지는 편도 1시간 10분 정도. 하루 출퇴근에만 대략 3시간 정도 소비됐다. 그 시간이 너무 아까워서 같은 서울이지만 병원 바로 앞에 오피스텔을 빌렸다. 월세, 관리비 등을 계산하면 한 달에 백만 원 정도 지불해야 했지만, 출퇴근에 허비하는 시간을 돈으로 환산했을 때 그 정도는 지불할 만하다 생각되었다.

동거한 기간까지 계산하면 10년 만에 남편과 떨어져 지내는 것이었는데 남편에게 미안한 말이지만 설레기도 하고 편하기도 했다. 오랜만에 즐기는 싱글 라이프가 나쁘지 않았다. 물론 출퇴근 스트레스가 사라지면서 시간적 여유가 생기고 컨디션이 좋아진 부분이 컸다.

하지만 그 생활을 채 석 달도 즐기지 못하고 아빠가 암 진단을 받으며 일을 그만두게 되었다. 워낙 오피스텔 임대가 잘나가는 지역이라 복비만 지불하고 정리해도 됐지만 내가 먼저 남편에게 떨어져 지낼 것을 제안했다. 이전과 반대로 남편은 오피스텔에서 지내고 나는 아파트로 돌아가 지내자고 한 것이다.

이유는 아빠의 암 진단으로 주체하기 어려운 내 감정의 쓰레기통으로 남편을 이용하고 싶지 않아서였다. 수년간의 치료, 명상, 갖은 방법으로 꽤나 안정된 줄 알았던 내 마음이 아빠의 암 진단과 함께 요동치기 시작했다. 불안, 우울, 비관적인 생각, 부정적인 사고. 이런 안 좋은 것들은 곁에 있는 사람들에게 전염된다.

그렇다고 해서 아빠의 암 진단이라는 큰 사건을 남편의 위로 없이 나 혼자 이겨낸 것은 절대 아니다. 남편은 공감 능력이 뛰어난 '굿 리스너(good listener)'로서 이번에도 충분히 내 마음을 들어주고 공감해 주고 위로해 주며 누구보다 큰 힘이 되어 주었다.

남편은 본인은 괜찮으니 함께 지내면서 자신에게 모두 쏟아내도 된다고 했지만, 내가 거절했다.

부부로서 힘든 감정을 공유하지 않겠다는 것이 아니다. 다만 내 스스로가 '도가 지나치게' 행동하고 싶지 않았다. 나 자신조차 수습하지 못하는 날것의 감정을 타인에게 나누자고 하는 것은 어쩐지 이기적이란 생각이 들었다. 함께 생활하다 보면 문득문득 떠오르는 부정적인 생각과 감정을 내 선에서 거르지 않고 남편에게 공유할 것 같았다.

'아빠 항암 치료 결과가 안 좋으면 어떡하지? 통증이 심하면 어떡하지? 수술을 못 받게 되면 어떡하지?'

미리 염려한다고 해서 하나 득 될 것 없다는 걸 잘 알면서도, 수시로 불안과 꼬리를 무는 생각이 이어졌다. 그 감정과 생각에 흠뻑 빠진 채로 다른 사람에게 "그럼 어쩌지? 이럼 어쩌지?" 하고 싶지 않다. 내 선에서 어느 정도는 필터를 거치고 스스로 처리하고 싶었다.

'내가 또 벌어지지 않은 일에 대해 미리부터 걱정하고 있구나. 불안해하고 있구나. 이건 전혀 도움이 되지 않지. 부정적인 생각을 하는 대신 산책이라도 나가볼까?'

내 마음을 알아채고 감정을 정리하는 시간을 갖는 게 먼저다.

타인에게 공유는 그 이후에 하는 것 바람직하다.

"오늘 아빠가 수술을 받지 못하게 될까 봐 두렵고 불안한 마음이 들었는데 산책을 하고 나니 좀 나아졌어. 내 맘대로 통제할 수 없는 미래에 대해 걱정하는 게 소용없는 일이고 건강에도 좋지 않다는 걸 알면서도 마음대로 잘 안되네."

타인과 내 부정적인 감정과 불안을 나누는 건 이 정도가 적당하지 않을까 싶다.

내가 이렇게까지 하는 이유는 나 역시 누군가의 감정 쓰레기통으로 이용되고 싶지 않아서다.

예전 친밀하게 지냈지만 이런 이유로 관계가 끊긴 언니가 있다. 몇 년간 최선을 다해 그녀의 얘기를 경청하고 공감해 보려 했지만, 그녀는 끝이 없었다. 남편과의 불화, 시댁과의 불화, 직장 상사와의 불화. 각종 억울한 사건은 비슷한 패턴으로 반복됐고 그녀의 아픔과 슬픔, 불안과 분노, 온갖 감정은 너무 날 것 상태로 내게 배분되었다. 서점에서 『푸념도 습관이다』라는 제목의 책을 보았을 때 그녀에게 선물해 주고 싶었지만, 그것만으론 달라질 것 같지 않아 결국 인연을 마무리했다.

요즘 유행하는 MBTI의 'T, F 논쟁'이라는 것을 보았다.

T는 thinking의 약자, '사고형'으로 감정보다는 이성과 사고가 앞서는 성향을 뜻하고, F는 feeling의 약자, '감정형'을 뜻한다. F(감정형) 성향을 가진 사람 입장에서 봤을 때 T(사고형) 성향을 가진 사람의 공감 능력이 떨어진다는 것이 'T, F 논쟁'의 요점이다.

물론 나는 T다.

나는 타인의 감정에 그다지 깊숙하게 공감하며 살지 않는다. 그리고 나 역시도 타인의 공감을 그다지 갈망하지 않는다. 그저 사회생활을 하며 습득한 커뮤니케이션의 기술로 "그랬구나. 많이 아팠구나. 많이 힘들었구나." 속내를 감추고 대강 어우러져 살고 있지만 가까운 가족과 친구는 나의 이런 성향에 대해 잘 알고 있다.

전형적인 T로서 듣고 한참 웃었던 얘기가 있다.

본인도 극 T라고 주장하는 남자 연예인이 T, F 논쟁에 대해 말했다.

F들이 T에게

"너는 왜 공감을 못해?"라고 묻는다면,

"그럼 너는 왜 공감하지 못하는 나를 공감하지 못해?"

라고 답하겠다는 것이다.

그렇다면 이 논쟁은

"그럼 너는 왜 공감하지 못하는 너를 공감하지 못하는 나를 공감하지 못해?" → "그럼 너는 왜 공감하지 못하는 나를 공감하지 못하는 너를 공감하지 못하는 나를 공감하지 못해?"

로 끝없이 이어질 수 있다는 것이다.

내 생각 역시 비슷하다. 일부 자신의 공감 능력이 뛰어나다고 착각하는 사람 중에는 본인의 감정을 공유받는 상대방의 입장은 공감하지 못하는 사람들이 흔하다.

상대방의 공감은 원하지만, 공감하고 싶지 않은 타인의 마음은 공감하지 못하는 것이다.

상대방이 자신으로 인해 귀한 시간을 낭비하고 정신적인 스트레스를 받을 수 있다는 사실에 공감하고 배려하는 것이 필요하다.

남편을 비롯해서 내가 아빠 일로 힘들 때 자신의 소중한 시간과 감정을 써가며 공감과 위로를 건네준 사람들에게 진심으로 감사드린다.

감사함을 잘 알기에 최대한 날것의 부정적인 감정은 전하지 않고 너무 얘기가 길어지지 않도록 나 자신을 추스르며 마음을 나누고자 했다.

T로서 할 수 있는 나름의 공감과 배려였다.

군대 VS 인턴

다시 해야 한다면 당신의 선택은?

—

넷플릭스에서 〈D.P. 시즌 2〉가 공개되자 정주행을 했다. 6부작으로 총 상영시간이 5시간 살짝 넘는지라 이틀에 걸쳐 다 보는 게 무리는 아니었다.

탈영병을 추격하는 군사 경찰(헌병) 이야기로, 한마디로 군대 이야기다. 정해인, 구교환 배우가 맡은 역할이 D.P.(Deserter Persuit) 즉, 탈영병을 쫓는 임무를 맡은 군인으로 본인들도 직업 군인이 아닌 병역의무의 이행을 위해 입대한 평범한 대한민국 청년들이다.

〈D.P. 시즌 1〉에서 군대 내 가혹행위를 어찌나 사실적으로 그려냈는지, 연출된 작품이라는 사실을 알면서도 군대라는 폐쇄적인 공간에서 자행되는 폭력과 괴롭힘을 지켜보기 힘들었다. 군대를 직접 경험해 보지 않은 나 같은 사람도 보기 힘든데, 아니나 다를까. 군대를 다녀온 남성들은 예전 생각이 나서 작품을 보는 것도, 보고 나서도 힘들다는 후기가 많았다.

남편은 군대 이야기라는 말에 처음부터 작품을 볼 생각이 없었다. 이에 나만 시청하는 와중 드라마에서 내무반 아침 기상 장면이 나왔다. 남편의 귀까지 들리게 된 군대 기상나팔 소리에 남편은 '갑자기 기분이 안 좋아지려 한다'는 농담 섞인 진담을 건넸다.

나는 미안하다는 말과 함께 서둘러 이어폰을 꼈다.

남편 역시 다수의 한국 남성들처럼 아직 군대 트라우마가 남아 있나 보다.

남편은 수의장교, 공보의, 군의관을 갈 수 있는 기회가 있었음에도 2003년에 24개월 현역으로 군대를 다녀왔다.

지금은 현역병의 군 복무 기간이 육군 기준 18개월이지만 당시에는 24개월이었다. 그래도 장교로 근무하는 것보다는 복무 기간이 짧기도 하고 하루라도 어렸을 때 군대 문제를 처리하고 싶은 마음에 대학교 1학년이 지나고 바로 의경에 지원해 입대했다고 한다.

남편은 외유내강의 전형으로, 내가 아는 어떤 사람보다 마음이 단단하고 긍정적인 사람이다. 스트레스에 취약하고 환경 변화에 적응하기 어려워하는 나와 달리, 남편은 어떤 환경에서도 무던하고 묵묵하게 자기 몫을 하며 주변과 어우러지는 사람이다.

그런 남편마저도 군대라는 곳에 대해서는 좋은 말이 나오지 않는다. 정말 더럽게 남은 기억은 20년이 지나도 나름 괜찮았던 추억 정도로 희석되지 않는다.

'의경 생활을 하며 오래 서 있다 보니 지금의 하지 정맥류가 생겼다. 군대에서 부비동염, 일명, 축농증 치료를 제대로 못 받아서 그 이후로 냄새를 잘 못 맡는다'는 말을 들을 때면 스물한 살, 그 시절 남편이 너무 가엽다.

잔반 남기지 말라며 트집을 잡기에 생선 대가리뿐 아니라, 몸통 뼈까지 씹어 먹어버렸다는 얘기, 차라리 욕이나 얼차려 받는 것은 참을 만한데 잠을 안 재우며 괴롭히는 게 너무 힘들었다는 얘기를 들으면 지금이라도 남편을 괴롭힌 놈들을 찾아내서 흠씬 패주고 싶다.

그저 먼저 입대해서 얻은 알량한 권력으로 남을 짓밟고 괴롭히며 쾌감과 우월감에 빠진 인간이라니. 얼마나 후진 인간인가.

반면에,

"그럼 오빠는 날 위해 군대에 대신 가줄 수 있어?"

질문을 던지는 나는 유치한 인간이다.

남편은 아주 잠깐 고민하는 듯한 모습을 보이더니,

"사랑이 대신 당연히 내가 가야지." 답한다.

물론 내 나이도 이미 현역 입대 제한을 훌쩍 넘겼기에 혹여 대한민국이 여성 의무 복무제를 도입한다 하더라도 군 입대 걱정을 할 만한 나이는 아니다.

그래도 말이라도 그리해주니 나에 대한 남편의 사랑을 확인한 것 같아 기분이 좋아진다. 내가 생각해도 참 유치하다.

직접 군대를 경험해 보지는 않았지만 '군대를 간다면 이런 느낌일까?' 싶은 때가 내게도 있었다. 바로 인턴 시절이다.

전공과를 정해서 레지던트 1년 차가 되기 전, 1년 간 인턴으로 근무하는 기간이 있다. 상명하복의 문화 속 막내. 기본 근무 시간과 업무 강도

만으로도 힘든 시기지만 잠 못 자고 밥 못 먹는 것보다 힘든 것이 온갖 구박과 무시, 부조리함을 견뎌내는 일이다.

책임과 업무 난이도로 치면 레지던트 1년 차가 훨씬 힘들었다는 의사도 많지만, 모든 일에 '왜?'라는 의문을 던지고 스스로 납득이 가지 않으면 움직이기 힘든 나로서는 인턴이 훨씬 힘들었다.

인턴은 '왜?'라는 의문을 가지면 안 된다.

생각이라는 것을 하면 안 된다.

까라면 까야 되는 것이 인턴이다.

100kg도 훌쩍 넘는 기계를 옮기라는 명령에 '이걸 왜 인턴이 해야 하지?' 싶으면서도, 인턴이기에 낑낑대고 옮길 수밖에 없었다. 알고 보니 이송 업무 전담 아저씨들이 옮기니까 자꾸만 기계가 고장 나는 것 같다며 "인턴한테 시켜라!" 교수님께서 직접 오더를 내리셨단다. 코끼리를 냉장고에 넣을 수 있는 방법은 '인턴에게 시키면 된다.'가 답이다. 당시 몸무게가 45kg 정도 나가던 나는 인턴이기에 코끼리라도 옮겨야 했다.

각종 감염과 방사선에 노출되는 것은 다반사다. 나는 메르스 유행 연도에 인턴이었다. 긴 응급실 근무 끝에 턴 교대를 하고 집에 가려 하면 꼭 그제야 접촉 환자가 메르스 의심이라며 퇴근하지 말고 검사 결과를 기다리라 한다. 모두가 힘든 여름이었다.

외부와 격리된 채 대소변조차 방사선 위험 폐기물로 분류되는 환자의 채혈을 위해 방사선 피복 위험을 무릅쓰고 차폐 공간 내부로 들어가 채혈한 적도 있다. 본인을 비롯한 간호사들은 가임기 여성이라는 이유로 해당과의 수간호사가 채혈 업무를 거부했기 때문이다. 나 또한 그때나 지금이나 가임기 여성이다.

문제는 나만 힘들다 할 수도 없는 노릇이다. 채혈하다 에이즈 환자 혈액에 노출되어 독한 약을 먹어야 했던 인턴 동기, 환자에게 뺨을 맞고도 처방 나온 관장은 마저 다 하고 왔다는 동기, 저혈당으로 수술방 탈의실에서 쓰러진 채 발견된 동기까지.

다들 부모님 가슴 찢어질까 말도 못 했겠지만 나도 그들도 누군가의 소중한 자식이다.

아무튼 인턴 시절은 내게 엄청난 트라우마를 안겨주었고, 전문의가 된 지 꽤 시간이 흘렀지만 여전히 웃으며 추억할 만한 기억은 아니다.

우리 부부를 오랜 시간 지켜본 친구가

"너는 남편을 위해서 인턴 다시 할 수 있어?" 물었을 때, 차마 바로 대답이 안 나왔다.

남편을 위해서라면 주저 없이 간 이식도 해줄 수 있고 대신 죽을 수도 있다면서 인턴은 다시 못하겠냐며 친구가 깔깔 웃는다.

남편은 인턴도 했고 군대도 다녀왔는데,

"오빠는 인턴과 군대 중에 뭐가 더 힘들었어?" 라고 묻자, 1초의 망설임도 없이

"당연히 군대가 힘들지." 답한다.

둘 다 힘들지만 그래도 원하면 그만둘 수 있고 외부와 전화 통화라도 할 수 있는 인턴이 훨씬 낫다고 말한다. 맞는 말인 것 같다.

인턴보다 힘든 군대는 대체 얼마나 힘든 곳일까?

요즘 군대는 기간도 줄고 휴대 전화도 사용할 수 있게 되었다지만 여전히 상상 이상으로 힘들 것임이 분명하다. 과장해서 말하면 첫사랑에 성공했으면 곧 군대 갈 아들이 있을 나이가 되어서 그런지, 군인 청년들을 생각하면 마음이 짠하다.

안쓰러운 청춘이다.

아직은 나도 청춘이라 그런지 모르지만 지금보다 어렸던 예전으로 다시 돌아가고 싶지 않다. 지금이 좋다. 몸도 마음도 지금이 더 건강하다.

모두가 힘들지 않았으면 좋겠다.

상황이 각박해도 사람이 다른 사람을 상처 주고 괴롭히는 일은 없었으면 한다.

월드컵

중요한 것은 꺾이지 않는 마음!

—

2022년 겨울, 카타르월드컵이 열렸다. 더운 나라에서 열리는 월드컵이라 이례적으로 겨울에 열린 월드컵이다.

2002년 대한민국 월드컵. 온 나라가 축제로 들썩였을 때, 나는 고3이었다.

어차피 공부에 제대로 집중도 못할 바에는 시원하게 즐겼으면 좋았을 것을. 왠지 죄스러워 처음부터 끝까지 맘 편히 본 경기가 하나도 없다.

아무리 축구에 별 관심이 없다고 해도 자국에서 열린 월드컵 4강에 진출하는 일이란 인생에서 한번 경험하기도 힘든 일이기에, 20년이 지난 지금도 타이밍이 참 안타깝다.

나도 나지만, 수험생 가족으로 맘 편히 즐기지 못했을 가족들에게 미안하다.

평소 축구에 관심이 있던 것은 아니지만 올해는 백수로서 새벽에 열리는 경기도 다음 날 출근 걱정 없이 볼 수 있다. 2002년 월드컵의 한을 담아 이번 월드컵은 적극적으로 관전해 보자 싶었다.

11월 24일 우루과이전 0 대 0 무승부, 11월 28일 가나전 2 대 3으로 패, 12월 3일 포르투갈전 2 대 1 승리를 거두며, 우리나라 대표팀이 16강에 진출하는 쾌거를 이루었다.

승점은 1승 1무 1패로 동일하고 골 득실까지 우루과이와 동일한 상황에서 다득점으로 앞서며 포르투갈에 이어 조 2위로 16강에 진출하게 된 것이다.

'아마 안될 거야.' 싶은 상황에서 강호 포르투갈에 대항해 역전골을 넣으며 승리했고, 우리와 조 2위 자리를 다투던 우루과이가 가나에게 이겼지만 다득점에서 우리나라에 뒤지며 결국 대한민국이 16강에 진출했다.

먼저 포르투갈과의 경기를 마친 우리나라는 우루과이의 추가 득점 없이 '가나 vs 우루과이 경기'가 끝나기를 마음 졸이며 기다렸다. 기다리며 운동장에 동그랗게 모여 기도하는 선수들의 모습을 보니 감격스러웠다.

이번 월드컵을 통해 일명, '중꺾마 – 중요한 것은 꺾이지 않는 마음!'이라는 말이 유행했다.

16강 진출 전 세 번의 경기 과정에 딱 어울리는 표현이다.

스포츠 경기를 보며 별 감흥을 느끼는 타입이 아닌데 올해는 달랐다.

아빠의 암 진단과 항암 치료 과정을 겪었고 며칠 후면 기다리던 수술을 받게 될 예정이라 그런지 이번 월드컵은 남달랐다. 사실 전혀 상관없는 일이지만 대표 선수들이 고난과 역경을 이겨내고 좋은 결과를 내면 아빠의 치료 결과도 좋을 것만 같다는 기대를 갖게 됐다.

IMF 시절 골프선수 박세리가 맨발의 투혼 끝에 우승하는 모습에 전 국민이 힘을 냈다는 말이 어린 나로서는 별 공감이 안 됐는데, 이제는 무슨 말인지 알 것 같다.

고난과 역경, 낮은 확률이라는 문제들을 이겨내고 염원하던 결과를 얻어내는 결말.

췌장암, 낮은 완치율, 낮은 생존율.

이런 숫자적인 통계는 중요한 것이 아니라고 나 자신에게 힘을 주고 싶었나 보다.

그리고 이번 월드컵을 보면서 남편과 나의 차이를 다시 한번 확연히 느꼈다.

남편은 침착하고 긍정적이며 회복탄력성이 좋은 사람이고, 나는 일희일비(一喜一悲) 하고 늘 최악의 시나리오를 먼저 생각하며 쉽게 좌절하고 포기하는 사람이다.

남편과 살면서 많이 개선되긴 했지만 본성은 어디 가지 않는다고 축구 경기를 보면서도 남편과 나의 차이가 느껴졌다.

가나와의 경기에서 먼저 두 골을 먹고 지고 있을 때,

나는 "이제 안 볼래. 이미 틀렸어! 소용없어!" 했고,

남편은 "아니에요. 할 수 있어요! 한 골씩 따라가면 돼요." 했다.

조규성 선수가 두 골을 넣고 2 대 2 동점이 됐다가 다시 가나 선수가 추가로 한 골을 넣었을 때,

나는 "이제 16강 진출은 끝났어. 포르투갈을 이기는 건 불가능해! 어차피 틀렸어." 했고,

남편은 "아니에요. 할 수 있어요! 나중에 골 득실도 중요하니 끝까지

응원해야 돼요." 했다.

객관적으로 어려운 상황에서 긍정적으로 생각하는 법. 지레 먼저 안 될 거라고 포기하지 않는 마음. 시련을 맞아도 다시 일어날 수 있는 회복력.

이런 것들은 어떻게 가질 수 있는 걸까? 돈으로 살 수도 없고. 나도 갖고 싶다.

우리나라가 16강에 진출하고 3일 후 아빠의 로봇수술이 잘 끝났다.

생각보다 림프절 전이가 많았지만 모두 다 제거했고 후 항암까지 마친 지금, 공식적으로 아빠 몸에 남은 암은 없다.

처음 암을 발견하고 항암 치료를 시작하고 수술을 받고 다시 항암 치료를 하는 과정에서 흔들릴 때도 있었지만 결국 여기까지 왔다.

중요한 것은 꺾이지 않는 마음!

J 이모는 외숙모

—

나이를 먹으니 주변에 본인이나 가족이 아픈 사람이 점점 늘어난다. J 이모가 유방암 수술을 받고 남편이 일하는 병원에 입원 중이다.

내가 J 이모라고 부르는 분은 사실 외숙모로, 막내 외삼촌의 부인이다. J 이모는 내가 아주 어린 시절 삼촌과 결혼하기 전부터 우리 집, 그러니까 외삼촌에게는 누나 집인 우리 집에 자주 놀러 와 지냈다. 그 시절 이모라고 부르던 것이 버릇이 되어 아직도 외숙모와 J 이모라는 호칭을 반반 섞어 부르고 있다.

엄마는 여자 셋, 남자 셋, 육 남매로 J 이모는 그중 막내 삼촌의 부인이다.

유덕화를 닮았던 잘생긴 막내 삼촌은 J 이모와 결혼하고 얼마 되지 않아 20대의 젊은 나이에 세상을 떠났다. 타살이었는데, 아들이 태어난 지 100일도 되지 않은 시점에 친구 결혼식에서 남의 싸움을 말리다 발생한 일이었다.

세월이 흘러 나에겐 사촌 동생인 막내 외삼촌의 아들이 벌써 30대가 되었으니 이제는 30년도 넘은 일이다. 당시의 나는 유치원생이었지만 삼촌이 돌아가시던 그날의 기억은 아직도 뚜렷하게 남아 있다.

당시에는 휴대폰이 없던 시절이라 집 전화를 썼는데 저녁 늦은 시간에

울린 전화를 받은 엄마의 표정이 심각했고 그날 밤은 엄마 아빠 없이 가까이 살던 큰 이모의 자녀, 나에게는 사촌 언니인 세 명의 언니들과 우리 집에서 함께 잠을 잤다. 중간에 제일 맏언니가 어른들로부터 온 전화를 받았는데 삼촌이 영안실에 있다 했다.

'영안실이면 죽은 사람이 가는 곳 아닌가? 내가 잘못 알고 있는 거겠지. 영안실은 중환자실 같은 곳인가?' 이런 생각을 하며 잠이 들었고 깨어보니 엄마가 집에 와 있었다.

잠깐 집에 들른 거고 다시 나가봐야 한다는 엄마는 많이 운 것 같은 얼굴이었다.

당시에는 '비통하다'는 표현을 몰랐을 나이였지만 지금 생각해 보면 '비통한 표정을 짓고 있었다.'는 것이 그날 내가 본 엄마를 묘사하기에 가장 적합한 말이다.

이후로도 몇 가지 기억나는 일들이 있다. 삼촌 사건에 대해 전한 뉴스에서 '싸움을 말리다.'가 아니라 '싸움을 하다.'라고 오보했고 이에 항의해 정정 보도 뉴스가 나오는 것을 다 같이 기다려 봤던 일, 삼촌을 죽인 살인자가 '계획적인 살인이 아니라 술에 취해 충동적으로 저지른 일이며 반성을 하고 있다'는 이유로 10년도 되지 않는 기간의 징역형을 받았다는 이야기를 들었던 일 등이다. 초등학교를 입학하기도 전인 나이였지만 내 생각에도 사람을 죽인 죄의 형량이 너무나 가볍다고 느껴졌다.

J 이모의 남편이었고 태어난 지 100일도 안 된 아이의 아빠였던 외삼촌이 돌아가시고도 J 이모는 본인에겐 시댁인 나의 외가 친척 모임에 빠지지 않고 참석하며 인연을 이어왔다.

J 이모는 삼촌과 사별 후 재혼을 하지 않으셨기에 남편의 경제적 조력이 없이 홀로 벌어 아이를 키워야 했지만 은행원이라는 탄탄한 직업 덕분인지 적어도 내가 아는 바로는 큰 경제적 고난 없이 사촌 동생을 잘 키워 내셨다. 백일도 안 된 갓난쟁이 아들을 남기고 남편이 죽는 엄청난 사건을 겪었음에도 내가 기억하는 J 이모는 항상 밝고 긍정적인 분이셨다. 차분하지만 밝은 목소리에 피부도 곱고 예쁜 얼굴을 가진 J 이모는 젊은 시절의 이금희 아나운서와 비슷한 분위기였는데, 어린 나는 J 이모에게는 '숙모'보다는 '이모'가 더 어울린다고 생각했다.

사촌 동생도 J 이모와 삼촌을 닮아 어려서부터 인물이 좋았는데, 이제는 외삼촌이 돌아가실 당시 나이보다 더 나이를 많이 먹은 사촌 동생이 서른 살도 되기 전에 경기도 아파트를 분양받아 지금은 어엿한 자가 아파트 소유주라고 하니 내 마음이 다 뿌듯하고 안심이 된다.

친척이라 해도 서로 사는 게 바빠 만나지 못했고 외할머니가 폐암으로 돌아가신 이후 외가 친척들이 모일 일이 잘 없다 보니 J 이모와 사촌 동생과도 1년에 한 번도 보지 못하고 지나가는 해가 많았다. 그래도 내 마음속으로는 젊은 나이에 남편과 사별하고 갓난쟁이를 길러낸 J 이모와 사촌 동생에게 다른 친척들보다 약간은 더 애틋한 마음을 가지고 있었다.

아무튼 이런 인연의 J 이모/외숙모가 건강검진을 받았는데 유방 검사에서 암으로 의심되는 것이 있다는 연락을 받았고, 이후 몇 주가 지나 J 이모는 유방암 1기 진단을 받았다.

직업상 주변인들로부터 본인이나 가족이 아프다는 관련 연락을 많이 받는데 나이가 들어갈수록 몇 다리 건너 알고 있는 사람이 아니라 나와 직접적으로 알고 지내는 사람 혹은 그 가족인 경우가 많아졌고 아픈 이유도 암, 심근경색, 뇌졸중 같이 좀 더 심각한 질병인 경우가 많아졌다. 지금 내 나이가 마흔을 바라보고 있으니 주변 부모님 세대가 60대 정도로 한창 건강에 이상이 오기 시작하는 나이긴 하다.

J 이모도 어느새 육십 대가 되었다. 그래도 유방암 1기는 완치율이라 불리는 5년 생존율이 90%가 넘기 때문에 건강검진으로 조기에 발견하게 된 것이 천만다행이다. J 이모는 대학병원에서 수술을 받고 남편이 일하는 병원으로 옮겨 지내고 계신데 특유의 긍정적인 성격으로 암 투병도 긍정적으로 극복하고 있다.

J 이모는 아빠의 암 진단 후 1년여의 시간이 흐르는 동안 본인이 병문안 한 번 오지 못한 것에 대해 죄송하다는 말을 엄마에게 여러 번 하셨다 했다. 그리고 내게도 이럴 때만 연락해서 미안하고 고맙다는 말도 여러 번 하셨다.

사는 게 바쁘다 보면 생각만 하다가 1년의 시간은 금방이다. 그리고 본인이 겪어 보기 전에는 투병, 간병 기간에 받는 관심과 도움이 얼마나 큰 힘이 되는지 미처 알기 어렵다.

나도 아빠의 암 투병을 겪으며 '힘든 시기 마음 써 준 이들은 평생 기억에 남고 반대의 경우도 기억에 남는다. 어려운 시기에 주변 사람 정리가 싹 된다'는 말을 실감했다.

그래서 과거와 달리 힘든 시기를 보내는 지인이 있을 때는 안부 연락이라도 한 번 더 하자는 주의로 바뀌었다. 예전에는 안 좋은 일로 힘든 사람한테 괜히 연락해 귀찮고 부담될까 싶어 망설인 적도 많았는데, 내가 겪어보니 신경 써주는 한 사람 한 사람이 다 고맙고 마음과 머릿속에 은혜 갚을 사람으로 각인된다.

그 반대도 마찬가지다. 내 마음의 그릇을 키우며 살고자 노력해도 관련해서 먼저 연락 한 번 없는 사람 역시 마음과 머릿속에 각인되기 마련이다. 그렇다고 상대에게 받은 만큼만 돌려주겠다는 태도로 살 생각은 없지만, 특정 시기 내가 위로받은 사람과 아닌 사람이 또렷하게 구별되어 기억되는 것까지는 막을 수 없다.

J 이모가 너무 힘들지 않은 암 투병 시간을 보내고 건강하게 완치하시길 바란다.

그 기간 동안 내가 작게나마 위로와 도움이 될 수 있다면 좋겠다.

고개 드는 감정에
죄책감을 가질 필요는 없다

—

의국 동기 A가 생각보다 많이 힘들다는 연락을 해왔다. A의 아버지는 최근 폐암 4기 진단을 받고 투병 중이시다. A 아버지가 진단받았을 때즈음 나의 아버지는 이미 1년 전 암 진단을 받고 예정된 항암 치료를 완료하던 시점이었다.

A가 내게 연락한 것은 먼저 아빠의 암 투병을 겪은 사람으로서 공감과 위로를 구하고자 연락한 것은 아니었다. 내가 암 환자를 전문으로 치료하던 의사였기 때문에 의료적 조언을 구하고자 연락했다가 그제야 내 사정을 알게 된 것이다. 본인 아버지보다 먼저 나의 아버지가 암 진단을 받았으며 나는 진료를 그만둔 지 1년이 다 되어가고 아빠는 이미 복직해서 일을 하고 계실 정도로 회복했다는 이야기를 듣고 A도 희망과 의지를 다졌다.

A 아버지는 사업도 하시고 골프도 치시며 건강하게 지내던 와중 이미 뇌 전이까지 진행된 4기 폐암을 진단받으셨다. 절망하는 A에게 "처음 진단받고 이것저것 검사하고 치료 방향 정하고 하는 그때가 제일 힘들더라. 그때는 나도 1년 후 지금처럼 잘 지내고 있을 거라 상상도 못했다. 그러니 너도 힘내라." 같은 나름 먼저 경험한 선배로서 위로의 말을 건넸다. 그리고 "힘들면 언제든 연락해라. 나도 안부 연락 자주 할게!" 라는 말도 덧붙였다. 나 역시 아빠 암 진단으로 받은 주변의 위로와 관심이 참

으로 소중하고 큰 힘이 되었기 때문이다.

이후로 A 아버지는 방사선 치료도 받고 항암치료도 받으며 차도를 보이시는 듯하더니, 요즘은 통증이 심해져 많이 힘들어하고 계신다. 마약성 진통제와 신경차단술에도 통증이 계속되니 아픈 사람은 당연히 힘들고 지켜보는 가족들도 고통이다.

A는 아픈 아빠를 지켜보는 것도, 통증으로 짜증 내는 아빠 곁에서 힘든 엄마를 지켜보는 것도 힘들다 했다. 요즘 들어 '내리사랑'에 대해 절실히 느낀다며 죄책감도 슬쩍 내비쳤다. A는 원래 아이 둘을 출산하며 살던 집은 정리하고 친정에서 살고 있었는데, 한 집에서 사는 마당에 그 모습을 피할 수도 없는 노릇이었다.

그렇다 보니 결혼해서 미국에 살고 있는 언니에게 미운 감정이 든다 했다.

A와 이전에 연락했을 때 아빠를 보러 언니와 조카가 미국에서 왔다는 얘기는 들었다. 이후에 언니가 다시 미국으로 돌아가고 나니 '그럼 나는? 나만 왜?' 하는 생각이 드는 모양이었다. 이런 감정이 드는 자신이 정상이냐며 묻는 A에게 그런 마음이 드는 것이 당연하고, 나도 그랬다고 위로했다.

나는 애도 없고 일도 안 하고 아빠 컨디션도 좋고 따로 살면서 가끔 외래 진료에 동반하는 게 전부인데도 종종 버겁다고 느껴질 때가 있다. 그런데 A는 애 둘에 일도 하면서 아빠 상태도 좋지 못하고 같은 집에 살고 있으니 힘든 것이 당연하리라 생각된다.

언니에 대한 마음 역시 당연하리라. 그 심정은 나 역시 잘 알고 있다.

'없는 사람이라 생각하고 내 할 도리를 하자.'고 다짐해도 부처가 아닌 이상 가끔씩 튀어나오는 감정까지 완벽히 다스리기는 어려운 일이다.

A에게는 언니가 한국에 있다 한들 대체할 수 없는 의사 딸로서의 너의 몫이 있을 것이고, 차라리 미국에 있어서 나누지 못하는 상황이 한국에 있으면서 나누지 않는 것보다 덜 열 받는 상황일 거라 말해줬다.

그리고 A에게 환자의 가족과 보호자에게도 본인만의 해소 방식이 필요하다고 덧붙였다.

나 같은 경우는 글을 쓰며 쌓인 감정을 쏟아내고 생각을 정리하거나 산책과 수영을 하며 몸을 움직이는 것이 큰 도움이 됐다고 추천했다. 잠깐이라도 나가서 뛰든 구르든 어떤 방식이든지 간에 감정을 해소하는 시간이 필요하다.

암과의 싸움은 장기전이고, '긴 병에 효자 없다'는 말이 괜히 나온 게 아니다. 나란 인간만 특별히 인격이 출중해서 긴 간병 세월 힘든 내색 한 번 없이 기꺼이 즐기며 감사하며 이겨낼 수 있을 거란 착각은 자만이다.

힘겹고 버겁고 짜증 나는 감정이 드는 것에 죄책감을 가질 필요는 없다. 사람이니 그럴 수 있다. 그저 그런 감정들을 빠르고 건강한 방식으로 해소하고 내 할 일을 하면 된다.

덕분에 환기가 좀 됐다는 A의 말에 다행이다 싶다. 내게도 힘들 때 얘기를 나누면 마음의 창문이 열리고 감정의 환기가 되는 사람들이 곁에 있어서 참 다행이다. A에게 내가 그런 사람이 될 수 있다면 기쁜 일이다. 인생은 서로 주고받는다. 때로는 상처도 주고받지만 위로도 주고받는다.

우리 모두는 예비 환자

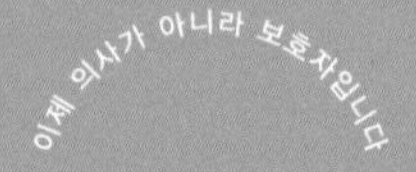
이제 의사가 아니라 보호자입니다

운동하기 싫은 나의 핑계로 들리나요?

—

오늘은 수영을 가지 않았다. 어제 촬영을 비롯해 일이 많아서 그랬는지 피곤하고 아랫배도 찬 느낌이다. 따뜻한 차나 마시며 책 읽고 라디오나 들으며 쉬어야겠다는 심산으로 눌러 앉았다.

부인이 돈을 벌지 않고 노는 것에 대해서는 전혀 눈치를 주지 않는 남편이지만 운동을 하지 않는 것에 대해선 자꾸만 남편의 눈치를 보게 된다.

남편은 자신은 눈치 준 적이 없고 한사코 나의 운동을 강요하는 것이 아니라지만, 자꾸만 새로운 운동을 추천하고 뽀기와 함께하는 하루 2시간가량의 산책은 운동한 시간으로 쳐주지 않는다.

이런 남편의 태도로 유추하건대 여전히 나의 운동량이 탐탁지 않은 것이 분명하다.

누워서 TV 보고 있는 사람 옆에서 쉼 없이 푸시 업을 하고 플랭크 자세를 취하는 것 역시 아주 거슬린다. 괜스레 나 역시 폼롤러로 뭉치지도 않은 종아리라도 풀어야 하나 싶어 자세를 고쳐 앉아 말랑한 종아리로 폼롤러를 굴린다.

그래서 아직 남편에게는 오늘 수영을 가지 않았다는 사실을 고백하지 못했다. 보통 수영 끝나고 집에 오는 길에 남편과 통화를 하는지라 지금

쯤이면 전화할 시간이다. 남편한테 진실을 고백할지 말지 학원을 빼먹은 아이처럼 고민하고 있다.

나는 언뜻 보면 외향적이고 활동적인 사람으로 보이지만 알고 보면 엄청난 집순이에 굉장히 정적인 사람이다. 소위 '책벌레'다.

과거 친구들과 재미 삼아 사주 카페에 가서 사주를 본 적이 있었는데 '넌 인생에 글이 없다. 한마디로 공부로 풀리는 인생이 아니니 다른 길을 모색해야 한다.'고 했다.

당시 나는 서울대학교 재학생이었다. 그때도 그렇고 이후로도 마찬가지로 한 평생 책과 공부로 풀어온 인생이다. 내가 서울대생임을 밝히자 사주를 보던 아줌마는 당황한 기색이 역력했다.

지금도 하루의 많은 시간을 책을 보고 글을 쓰는 데 사용한다. 실외 활동은 뽀기와 산책하며 걷고 벤치에 앉아 바람 소리, 새소리를 즐기는 정도이다. 얼마 전 시작한 수영을 제외하면 숨이 차고 심박수가 오르는 신체 활동은 전무하다.

반면 남편은 언뜻 보면 말라 보이지만, 이는 작은 얼굴과 적은 지방량 때문이고 마흔의 나이에도 복근이 선명한 근육질 몸매이다. 조용한 사람이지만 운동을 좋아하고 잘하고 꾸준히 한다. 킥복싱, 합기도 같은 무술 종합 4단에 점심시간에는 골프 연습, 퇴근 후에는 헬스를 하면서도 조만간 출근 전 수영을 추가할 계획을 세우고 있는 사람이다.

이렇다 보니 나의 피해 망상일 수 있지만 다른 부분에서는 전적으로 내 삶의 방식을 존중해 주고 지지해 주는 남편이 운동에 있어서만큼은 그렇지가 않은 것 같다.

나라고 할 말이 없는 것은 아니다. '친할머니 위암, 외할머니 폐암, 아빠 췌장암.'이라는 다채로운 암 가족력을 가지고 있는 나는 과도한 '활성산소' 발생에 주의하며 살아야 한다.

"활성산소(reactive oxygen species, ROS) – 산소 원자를 포함하며 화학적으로 반응성이 있는 분자. 짝 지어지지 않은 전자 때문에 불안정하고 반응성이 높아 다른 물질로부터 전자를 빼앗아 산화시키려는 성질이 있다. 이 과정에서 DNA 유전자를 손상시키고 노화와 암과 같은 질병을 유발한다. 흡연, 자외선 같은 각종 발암물질뿐 아니라 정신적, 신체적 스트레스에 의해 과도하게 생성될 때 문제가 된다."

남편이 나에게 과도한 운동을 요구한다 느껴질 때 '활성산소'는 내가 자주 써먹는 레퍼토리다.

'무리한 운동은 과도한 활성산소를 유발하며 활성산소에 의한 정상세포의 손상은 돌연변이를 유발하고 세포분열과정에서 정상적으로 복구되거나 제거되지 못한 돌연변이 세포는 암을 유발한다'는 것은 이미 과학적으로 입증된 사실이다. 실제로 직업별 수명을 비교했을 때 상대적으로 운동선수의 수명이 짧았던 원인을 이야기할 때 활성산소 메커니즘이 등장한다.

하지만 내가 활성산소 핑계를 될 때면 남편은 콧방귀를 뀐다. 성격상 대놓고 비난하지는 않지만 젠틀하게 콧방귀를 뀐다.

활성산소를 걱정할 만큼 나의 운동량은 양이 많지도 강도가 세지도 않다는 사실을 둘 다 잘 알고 있다.

며칠 전에도 무릎이 좋지 않다는 나의 말을 흘려듣지 않고 무릎 보호대를 사다 주는 친절을 베풂과 동시에 남편은 잊지 않고 운동의 필요성을 조심스레 설파했다.

"젊은 나이에 벌써부터 무릎이 아파서 큰일이다. 무릎 보호대는 임시방편일 뿐 무릎 관절 주변을 잡아주는 근육과 인대를 강화시켜주는 운동을 해야 한다. 귀찮고 힘들겠지만 노력을 해야 한다." 라는 남편의 말 중에서 유달리 '노력'이라는 단어가 거슬렸다.

해야지! 그놈의 노력을 해야지!

내 나름 노력을 해서 지금이 내 인생 통틀어 동년배 대비 제일 건강한 상태인데. 내 노력이 부족했구나!

운동을 하는 노오력~!

타고나길 이렇게 태어났고 어릴 때부터 공부하느라 일하느라 운동할 시간적 체력적 여유가 없었는데. 그럼에도 불구하고 내가 지덕체(智德體)를 골고루 갖춘 인간이 되기 위해 노력을 했어야 했는데. 내 노력이 부족해서 지(智)에만 몰빵된 나약한 인간이 되고 말았구나!!!

나로서도 억울한 면이 있는 게, 나라고 해서 노력을 안 한 것은 아니다.

남들보다 한 달 먼저 일찍 저체중으로 태어난 나는 타고나길 예민하고 안 먹는 아이였다. 식사시간마다 엄마가 제발 한 입만 먹으라고 쫓아다녔던 것은 물론 일반적인 아이들이 좋아하는 피자, 치킨, 짜장면 같은 음식을 눈앞에 대령해도 거부했다. 편식하는 것이 아니라 모든 음식을 먹는 걸 싫어했고 길에서 "저 다리로 어떻게 걸어 다니냐!" 라는 말을 흔히 들을 정도로 말랐었다. 천식 때문에 초등학교 6학년은 학교를 간 날보다 안 간 날이 더 많았고, 중학교 때까지 체육시간에 열외로 멀찍이 앉아서 아이들 하는 것만 구경하기 일쑤였다. 몸이 안 좋아서 소풍이며 수련회, 졸업 여행도 못 간 적도 많고, 중학생 때부터는 학업을 이유로 잠잘 시간도 부족한데 따로 운동을 할 시간 따윈 없었다. 잠을 못 자니 입맛이 없어 더 안 먹었고, 운동은커녕 책상 앞에서 움직이질 않으니 더 입맛이 없고 따로 운동할 체력은 전무했다. 악순환의 연속이었다. 지금도 나는 성인 여성이라고 하기엔 기이할 정도로 손목이 가늘다.

그래도 대학을 간 후 잘 먹고 잘 자게 되면서 많이 좋아졌다.

시간이 흘러 우울증과 공황장애 같은 건강의 위기를 다시금 겪게 되며 건강의 중요성을 깨닫게 되었다. 남들보다 젊은 나이에 신체 건강과 정신 건강에 관심을 갖고 나 자신을 돌보았다. 나에게 맞는 운동과 음식도 찾고 체중도 일부러 찌워서 지금의 상태에 이르렀다.

헬스, 복싱, 골프, 요가, 스쿼시 등. 나에게 맞는 운동을 찾을 때까지 시행착오도 많았다. PT(퍼스널 트레이닝)도 꽤 오래 받았는데 처음에만 힘들지 시간이 지나면 운동을 안 한 날이 더 피곤할 거라던 남편의 말과 달리 1년이 지나도 온몸이 아프고 피곤했다. 결국 PT를 그만둔 다음에야 나의 피로는 사라지고 아침이 상쾌해졌다.

골프 역시 남들은 재미있다는데 내게는 맞지 않았다. 잠결에 이불을 끌어올리다 손이 아파 울 만큼 손바닥을 200대 정도 맞은 느낌이었고, 골프채와 골프화, 골프복이 아까웠지만 그만두고 나니 통증은 사라지고 행복이 찾아왔다.

지금 하고 있는 수영과 산책이 나에게는 가장 잘 맞는 운동이다.

운동으로 인한 근육통, 관절통도 거의 없고 싫은 운동을 억지로 할 때 받는 정신적 스트레스도 없다. 수영과 산책을 하면 몸과 마음이 상쾌해진다.

남편 말대로 하체 근육과 복근 강화를 위한 근력 운동이 추가적으로 필요한 것은 잘 알지만 아직은 고통을 참아가며 스쿼트와 복근 운동을 할 마음의 준비가 되지 않았다.

아는 것과 실천하는 것은 천지 차이다.

보험금, 영영 탈 일 없기를!

언니가 드디어 실손 보험에 가입했다.

더 늦기 전에 가입하라는 내 말을 몇 년 동안 무시하더니 아빠가 암 진단을 받고 나서야 필요성을 느꼈는지 이제야 가입을 했다.

나는 어릴 때 엄마가 들어준 암 보험에 추가로 내가 20대에 직접 가입한 암 보험과 실손 보험이 있다. 당시 친한 친구 어머니가 갑자기 아프게 되며 장애 판정까지 받게 되셨는데, 넉넉지 못한 가정 형편에 다행히도 각종 보험과 실손 보험이 있어 치료에 큰 도움이 되었다. 친구 어머니가 보험금에 납입면제까지 받는 걸 보고서 나도 젊은 나이에 보험 가입을 해 놓았다.

암 보험은 대부분 적립의 형태라서 만기 때 일부 돌려받을 수 있지만, 실손 보험은 소멸하는 형태이다 보니 '20대에 가입하는 것은 아깝지 않나? 너무 이른 것 아니냐'는 의견도 있었다.

그렇지만 젊다 보니 그만큼 보험료가 낮아 커피 몇 잔 사 먹을 돈을 아껴 미래의 혹시 모를 큰 지출에 대비한다고 생각하면 전혀 아깝지 않았다.

이후에 실손 보험 적자 규모가 커지며 본인 부담 비율도 올라가고 보장 범위도 줄어 이제는 가입하고 싶어도 할 수 없는 조건에 가입되어 있으니 그 때 미리 들어 놓은 것이 잘한 일이다.

하지만 실손 보험에 가입한 지 꽤 오랜 시간이 흘렀음에도 지금껏 내가 청구한 건은 두 세건 정도, 받은 돈은 오만 원 이내일 것이다.

서울대병원에서 근무할 때는 비급여 치료까지 포함해서 50% 직원 할인이 됐을 뿐 아니라 직원 무료 진료를 가정의학과에서 담당했기에 웬만한 것은 무료이거나 매우 소액이다 보니 귀찮아서 청구하지 않은 경우가 많았다. 로컬에 나와서도 마찬가지였다.

그렇다고 해서 절대로 납부한 보험료가 아깝다거나 하지는 않다.

보험은 본디 병에 걸리거나 크게 다쳐 보험금을 받게 되는 일이 발생하지 않으면 손해인 구조이다.

그렇지만 보험금을 받는 것보다 살아생전 보험금 탈 일 없이 건강한 것이 훨씬 좋은 일 아니겠는가.

앞으로도 그저 보험금 받을 일이 없기만 바랄 뿐이다.

거기다 보험 시스템의 구조상 나처럼 건강한 사람들이 보험료 납부는 하고 받지는 않아야 아픈 사람들이 보험금을 받을 수 있다. 그런 사실을 생각하면 이제껏 납부한 보험료가 더욱 아깝지 않다.

'카르마(karma)'

업보를 믿는 나이기에 지금껏 내가 낸 보험료가 돈이 절실한 상황의 사람들에게 일말의 도움이 되었다고 생각하면 보험료 내는 일이 선업을 쌓는 일처럼 여겨진다.

몇 년간 암 전문병원에서 근무하면서 실손 보험의 필요성을 크게 느꼈는데 엄마 아빠는 이미 나이가 있어 실손 보험 월 납입료가 너무 비싸고 가입 절차도 까다로워 언니만 집중적으로 닦달했다. '지금은 인터넷으로도 손쉽게 가입할 수 있거니와 언니가 한 달에 쓰는 커피값, 각종 배달료보다 훨씬 소액이다. 요즘에는 이른 나이 암 발병도 많고 점점 실손 보험 가입도 어려워지는데 늦기 전에 가입해야 한다. 나중에는 하고 싶어도 못 한다.'

정기적으로 잔소리를 해도 가입을 미루더니 아빠가 암 진단을 받고 나자 엄마까지 적극적으로 합세했고 결국 언니의 실손 보험 가입이 성사되었다.

병원에서 환자들을 보니 보험이 빵빵하게 있는 사람과 아닌 사람 사이 맘 편히 치료받는 게 천지차이다. 아무리 여윳돈이 있는 사람이라도 암에 걸린 것도 서러운데 치료비로 목돈까지 지불하게 되면 더 억울하다.

거기다 암은 장기전이기 때문에 벌이도 없이 수년간 치료비며 생활비며 쓰다 보면 가진 여윳돈도 금방 바닥이 난다. 본인이 벌이를 못하게 되는 것뿐만 아니라 간병 때문에 보호자까지 일하기 어려워지는 경우도 흔하다.

무엇보다 최근 암 치료로 각광받는 표적 치료, 면역 항암제, 로봇 수술 등의 경우 고가의 비급여 항목인 경우가 많아 더욱 문제가 된다. 아빠 역시 실손 보험은 없고 암 보험만 가지고 있었던 지라, 로봇수술 비용만 해도 암 진단금으로 받은 금액을 넘어섰다. 우리야 경제적 여유가 되니 고민 없이 결정했지만 목숨이 달린 일에 돈 때문에 최선이라고 여겨지는 치료를 선택할 수 없는 경우라면 얼마나 서글프겠는가.

암 보험은 아빠 엄마에게도 큰 위로가 되어 주었다.

수십 년 전 보험 설계사로 일하는 내 중학교 동창 엄마를 봐서 어쩔 수 없이 들었던 암 보험이 어느새 20년 납입 만기가 지났고 아빠 일로 보험금도 받았다며 그때 들어 놓길 참 잘했다고 몇 번을 말씀하셨다.

자식이 충분한 여유가 된다고 한들 자식 돈보다는 보험금 받은 것을 쓰는 것이 본인들 마음에 훨씬 편할 것이다.

아직도 보험 일을 하고 계시는 아줌마에게 몇 년 만에 연락해서 언니 보험 가입을 적극적으로 진행한 것도 엄마다. 가까운 사람이 아픈 일이 생기면 주변인의 보험 가입이 늘어난다.

쓰고 보니 보험 홍보 글 같지만 젊고 건강할 때는 중요성을 깨닫지 못하는 것들이 많다.

감당 못할 보험료로 가계에 부담이 되어서는 안 되겠지만 세 명 중 한 명은 암에 걸리는 시대이다.

언제까지나 지금처럼 건강하고 돈도 잘 벌 거라 착각하면 안 된다.

무엇보다 바라는 일은 보험금 탈 일이 안 생기는 것이다.

열심히 납부할 테니 앞으로는 나와 가족 모두 보험금 탈 일이 없으면 좋겠다.

서울에 자가를 소유하고 있습니다

—

친구가 집 문제로 인한 남편과의 갈등에 속상하다며 연락이 왔다.

한창 부동산 가격이 오를 때 전세 살고 있는 본인들은 '벼락 거지'가 됐다며 분노와 절망을 넘나들던 친구 남편은 급하게 아파트 분양을 받았고 곧 입주를 앞두고 있다.

문제는 당연히 인기 있는 지역의 아파트 청약 당첨은 하늘의 별 따기보다 어려운 일이니 친구네가 청약을 넣어 당첨된 곳은 여러모로 그다지 선호되지 않는 곳이었다. 앞뒤 생각 없이 그냥 자가 아파트를 소유하겠다는 마음에 직장에서 멀고 주변 환경도 좋지 않은 곳에 덜컥 청약을 넣은 것이다. 그래도 당시에는 인기 지역, 비인기 지역 할 것 없이 전국 부동산 가격이 오르던 때라 친구네는 분양가보다는 아파트 가격이 상승할 것이란 믿음과 기대로 분양을 받았다.

그렇지만 알다시피 이후 상황은 변했다. 계속해서 오를 것만 같던 부동산 가격의 하락과 금리 인상이 시작됐고 전세가도 함께 떨어졌다. 와중에 친구네는 대출까지 받아서 중도금을 냈고, 분양가보단 오르겠지 싶었던 새 아파트는 이미 분양가격 그대로라도 받고 되팔려고 내놓은 집이 셀 수 없이 많다고 한다.

비록 내 소유 집이라고는 해도 현재 살고 있는 전세 아파트보다 학군이며 주변 인프라가 훨씬 떨어지는 일명, '하급지'로의 이사가 코앞에 다가오니 친구 부부네 마음은 심난하기만 하다.

과거에는 다른 건 중요치 않고 그저 내 소유, 자가면 된다던 마음이 변심했다. 결국 친구 부부는 약간의 손해를 보더라도 분양받은 아파트는 처분을 하고(가능할지는 모르겠지만), 현재 전세를 살고 있는 동네에 아파트를 사자는 것까지는 의견 일치를 보았다.

하지만 무리를 해서라도 대출을 넉넉히 받아 동네 대장 아파트를 사자는 친구 남편과 대출금액을 줄여서 가능한 곳으로 가자는 친구 사이에 의견 차이가 생겼다.

그 지역에서 가장 좋다고 인정받는 일명, '대장 아파트'가 잠재적 가격 상승력이 훨씬 좋으니 생활비를 줄여 대출이자를 갚더라도 그만한 투자 가치가 있다는 것이 친구 남편의 의견이고, 사람 일 어찌 될지 모르는데 무리한 대출은 피하자는 것이 친구 의견이다.

영혼까지 끌어모아 집을 구입했던 영끌족들이 금리는 오르고 부동산 가격은 떨어지며 곤경에 처했다는 뉴스 기사가 쏟아지는 와중에 친구는 본인들도 그런 처지가 될까 두렵다. 친구 남편이 원하는 수준의 대출 이자를 갚으려면 실수로라도 둘째 애를 임신해선 안 되고, 먼 곳에 홀로 살고 계신 친구 어머님 혹은 친구 부부 중에 한 사람이라도 아파서는 안 될 일이다.

남의 집 일이기에 적극적으로 관여할 생각은 없지만 사실 나는 친구 의견에 동의하는 입장이다.

내 집을 가지며 얻게 되는 안정감과 만족하는 집에서 거주하며 얻는 행복은 참 크다. 의심과 불안이 많은 나는 큰돈을 전세금으로 남에게 맡기는 것도 싫었고, 병원과 가까워 선택한 동네가 살아보니 여러모로 만족스러워 그냥 신혼집 전세 살던 아파트 옆 동을 매수해서 살고 있다.

당시에 우리 아파트 바로 옆에 신축 아파트가 완공되며 매물이 꽤 많이 나왔었다. 지금의 집과 신축 아파트 사이에서 약간 고민했지만 그냥 지금 아파트를 매수하기로 결정한 것도 무리해서 대출을 받고 싶지 않았기 때문이다.

'의사 부부가 그 정도 대출받는 게 무슨 무리냐. 너희 연봉과 생활비를 따졌을 때 그 정도 대출이자는 많지도 않다. 신축 아파트, 대장 아파트가 오를 때 크게 오른다'며 대출받아 훨씬 비싼 신축 아파트를 사라고 권유하는 사람들도 있었다.

하지만 내 결정은 달랐다. 내 집에서 마음 편히 안정감을 갖고 살고 싶어서 집을 사는데, 큰돈을 대출받아 사면 성격상 마음이 편치 않을 것이 뻔했다. 혹시라도 우리 부부 건강에 문제가 생기거나 어떤 이유로 일을 그만하고 싶을 때 대출금과 대출이자 때문에 망설이고 싶지 않았다. 아빠가 암 진단을 받고 내가 한 치의 고민 없이 일을 그만둘 수 있었던 것도 부담스러운 대출금과 대출이자 문제가 없었기에 가능한 일이었다.

아무튼 그런 마음으로 욕심내지 않고 집을 산 이후 전국적으로 부동산 가격이 크게 오르며 우리 아파트 역시 우리가 산 금액보다 훨씬 비싼 집이 되었다. 이후에 다시 부동산 가격이 떨어지자 우리 아파트 가격도 함께 떨어졌다. 그렇지만 본격적인 부동산 대란이 시작되기 전에 구입한 터라 떨어졌어도 우리가 구입한 가격보다는 충분히 높은 가격이다. 앞서 거론됐던 신축 아파트는 물론 오를 때는 크게 올랐지만 그만큼 내려갈 때도 크게 내려가서 당시 가격보다도 몇 억이 떨어졌다. 무엇보다 이자 걱정 없이 만족하며 살고 있는 입장이니 내 지갑에 들어왔다 나갔다 하지도 않은 금액이 오르내리는 것은 당장 상관할 바도 아니다.

어차피 지난 일이지만 우리 부부가 집을 구입할 즈음에 친구 부부에게도 기회가 있었다.

친구 부부가 전세 살고 있는 아파트에 만족하며 살고 있고, 직장 위치상 어차피 그 동네에 수십 년은 살아야 할 상황이라 우리처럼 살고 있는 아파트를 매수하는 건 어떠냐 슬쩍 권유하기도 했었다.

그때는 자기네 아파트 가격이 너무 과대평가됐다며 전혀 매수 생각이 없다 했다.

그때와 지금 동네며 아파트가 변한 건 하나도 없는데 지금은 그때보다 몇 억이나 비싼 가격에 큰돈을 대출까지 받아 사려고 안달이 난 친구 남편 상황이 아이러니하긴 하다.

'과거에는 더 싸게 살 수 있었는데….' 하는 생각에 사로잡혀 변화에 대응하지 못하는 것도 문제지만, 성급한 마음에 쉽게 결정할 일도 아니다.

집은 투자로서의 가치도 있지만 무엇보다 가족들이 맘 편히 지낼 수 있는 곳이어야 한다.

특히나 나와 내 가족이 아프고 힘든 시기에 이사 걱정 없이, 대출 걱정 없이, 편히 살 수 있는 곳이 있다는 점이 내 집을 소유하고 있는 가장 큰 장점이 아닐까 싶다.

친구 부부가 잘 상의해서 시간이 흐르고도 만족할 만한 결정을 내리길 바란다.

수영장에 수영복 가져가는 것을 까먹었습니다!

멍청하게도 수영장에 수영복을 안 가져갔다.

수영장 들어가기 전 샤워까지 다 마치고 수영복을 입어볼까 하니 수영복이 없다. 수영 다녀오면 루틴으로 베란다에 수영복, 수모, 수경을 널어놓는데 그것들은 쏙 빼고 목욕 가방만 들고 왔다.

전날 유튜브 접영 영상을 반복해서 보고 이미지 트레이닝에 지상 훈련이랍시고 어깨도 돌려 보았다. 오늘이 왠지 나의 접영이 한 단계 도약하는 날이 될 것만 같아 새벽같이 일어나 설레며 왔는데 이 모양이다.

집에서 수영장까지 걸어서 편도 15분 정도 소요되는지라 다시 수영복을 챙겨오면 이미 50분 수업이 거의 끝나 있을 것이기에 오늘 수영은 물 건너갔다.

집으로 오는 길 머리에서 물은 뚝뚝 떨어지고 날은 덥다. 집에 가면 뽀기 산책 후 어차피 다시 씻을 생각을 하니 한숨이 났다.

수영장에 수영복을 안 가지고 가다니.

어이없는 실수를 한 나 자신이 한심하면서도 '그래. 내가 많이 편해졌구나.' 싶다.

일을 할 때는 항상 '각성' 상태였다.

이때 ○○님 검사 결과 확인해야 하고, 내일은 △△님 본 병원 진료 가는 날이고. 근무 시간뿐 아니라 퇴근하고 나서도 내 머릿속은 쉴 새가 없었다. 타고난 성격도 그렇거니와 직업 특성상 생명과 관련된 일을 하다 보니 조금의 실수도 있어서는 안 된다는 생각에 긴장을 풀 수 없었다.

그렇게 살다 보니 '자율신경계 불균형', 다르게 말하면, '교감신경 과활성으로 인한 불면, 가슴 두근거림, 두통, 소화불량'으로 오랫동안 고생했다.

'자율신경계'는 '교감신경'과 '부교감신경'으로 이루어져 있는데 이름 그대로 자율적으로 작동되는 것으로 내가 의지로 조절할 수 있는 것이 아니다. 몸이 상황에 맞게 알아서 작동해 주어야 한다. 휴식을 취할 때는 부교감신경이 주도적으로 작동해야 편히 쉴 수 있고, 호랑이를 만났거나 링 위에서 싸울 때는 교감신경이 주도적으로 작동해야 생존할 확률이 올라간다.

'부교감신경'이 활성화되면 심장은 느긋하게 뛰고 소화를 위한 위장관 운동은 촉진되는 등 우리 몸은 이완된 상태가 된다. 반대로 '교감신경'이 활성화되면 심장은 빨리 뛰고 소화를 위한 위장관 운동은 억제된다.

그러니까 심장근육이나 위장관 근육은 내 의지대로 근육의 움직임을 조절할 수 없고 자율신경에 의한 조절을 받는다는 말이다. 예를 들어 팔을 굽혔다 폈다 하는 운동은 내가 의지를 갖고 팔을 움직이겠다 생각하면 뇌에서 팔 근육에 작용하는 말초 신경으로 신호를 보내 원하는 팔 근육 운동을 할 수 있다. 반면에 소화를 위한 위장관 운동이나 심장박동은 내가 '소화를 시켜야겠다. 위장관 운동을 해야겠다.' 생각한다고 해서 의지대로 위장의 연동운동을 촉진시킬 수 없고, '심장을 빨리 뛰게 해야겠다. 심장을 천천히 뛰게 해야겠다.'는 생각만으로 심장박동수를 조절할 수 없다. 팔 근육은 수의근(隨意筋)이고 위장관 근육, 심장 근육은 불수의근(不隨意筋)이기 때문이다. 이런 심장 근육, 소화기 근육과 같은 '불수의근'은 '자율신경'의 조절을 받는 것인데 자율신경계의 작동은 사람의 '감정'에 크게 영향을 받는다.

스트레스 상황에서 심장이 빨리 뛰고 소화가 안 되며 불면증이 생기는 것이 바로 이런 원리이다.

문제는 실제 스트레스 상황이 아님에도 계속해서 교감신경 스위치만 켜져 있는 경우 '교감신경 과활성화, 자율신경계 불균형'이 발생한다는 점이다.

교감신경 작동 스위치는 꺼지고 부교감신경이 작동해야 하는 상황에도 계속 교감신경만 작동하면 만성적인 불면과 소화불량, 심계항진(가슴두근거림)으로 고통받는 것이다.

고기도 먹어본 놈이 먹는다고 휴식 없이 늘 긴장된 상태로 살다 보면 내 몸도 휴식하는 법을 잊어버린다. 휴식과 이완이 필요한 시간에도 부교감신경은 작동하지 않고 교감신경만 작동해서 격투를 앞두고 링 위에 오른 선수처럼 심장은 빨리 뛰고 시험지 받기 직전 수험생처럼 뇌는 각성 상태로 유지된다. 그러니 몸은 너무 피곤한데 막상 누워도 잠을 잘 수 없고, 뭐만 먹었다 하면 소화가 안 되고 한껏 날이 서 있다. 늘 (교감) 신경이 곤두서 있는 것이다.

이런 고장 난 몸을 갖지 않으려면 의식적으로 몸과 마음이 쉬는 시간을 가져야 한다.

나 역시 '명상과 산책' 같은 나만의 방식으로 꾸준히 노력해서 이런 불균형으로부터 벗어날 수 있었다. 비록 자율적으로 작동하는 자율신경이라 할지라도 이제 어느 정도는 내가 의지대로 조절할 수 있는 경지에 이르렀다. 앞서 자율신경의 작동이 감정에 큰 영향을 받는다고 했듯, 내 감정과 생각을 조절할 수 있으면 자율신경의 작용도 조절할 수 있다. 가슴이 뛰고 불안한 생각이 들면 가만히 눈을 감고 호흡에 집중하며 머릿속을 비운다. 천천히 심장박동이 정상화되고 긴장됐던 몸은 이완된다.

백수라고 해서 의식적으로 쉬는 시간을 갖는 것을 멈춰 서는 안 된다.
백수라도 생각이 많으면 뇌는 쉬지 못한다.
백수도 따로 시간 내어 몸과 마음이 쉬는 시간을 가져야 한다.

아무튼 오늘 수영장에 수영복을 두고 가는 어이없는 짓을 한 걸 보면 이제 늘 긴장되고 각성된 상태로 사는 삶에서 벗어난 것이 분명하다. 머지않아 '긴장 좀 해야겠다!'는 말을 듣는 날이 올지도 모르겠다.

수영장 체중계의 진실

—

수영과 샤워를 마치고 탈의실로 나왔는데 체중계 앞에서 회원 아주머니들의 대화가 한창이다.

"어머나! 나 살 빠졌나 봐!"

"어디 봐. 언니 몸무게 엄청 조금 나간다."

"나도 한번 재보자. 나도 조금 빠졌다! 여름이라 입맛이 좀 없긴 했어."

수영은 칼로리 소모가 높은 전신 운동이지만 아이러니하게도 수영을 오래 다닌 회원 중에는 한눈에 봐도 체중 감량이 절실해 보이는 분들이 꽤나 많다. 수영 후에 허기진 배를 먹는 것으로 채우다 보면 운동으로 소모한 칼로리만큼, 혹은 그 이상으로 칼로리를 섭취하는 일은 그리 어렵지 않다. 거기에 수영 실력이 늘수록 물에서 힘들이지 않고 편안한 수영이 가능하니 수영 경력이 오래된 '수영장 고인물' 회원 중에 땅보다 물에서 움직임이 훨씬 날쌔고 편해 보이는 체형을 가진 분들이 많다.

아무튼 살이 빠졌다며 좋아하시던 무리가 빠져나가고, '어디 나도 한번.' 하는 마음에 체중계 위에 올라섰다.

47kg.

뭐가 잘못됐나 싶어 내려갔다 다시 올라와보지만 역시나 47kg.

고장이다.

아무리 벌거벗은 상태임을 감안하더라도 이건 분명 고장 아니면 회원들의 행복과 운동에 대한 동기 부여를 위해 원장님이 일부러 손을 써놓은 것이 틀림없다. 며칠 전 집에서 쟀을 때 50kg가 살짝 넘었으니 최소 3kg은 덜 나가게 설정되어 있는 것이다.

그것도 모르고 살이 빠졌다며 좋아한 회원들을 생각하다 어쩌면 잘된 일인지 모르겠다는 생각이 들었다. 진실을 알고 실망하는 것과 진실을 모른 채 행복한 것. 후자가 나을 수 있다.

나이와 성별에 상관없이 다이어트로 고민하는 사람들이 너무 많다.

젊었을 때는 주변에 미용 목적으로 다이어트를 하는 이들이 대부분이었다면 나이를 먹을수록 건강 때문에라도 살을 빼야 하는 이들이 많아진다. 고혈압, 당뇨, 고지혈증 같은 만성질환은 모두 비만과 밀접한 관련이 있고, 이것은 결국 뇌졸중, 심근경색과 같은 심각한 질환으로 이어진다. 건강과 체중 관리는 떼고 말할 수 없는 사이다.

사실 나는 한평생 큰 어려움 없이 '마름'과 '보통' 사이를 오가는 정도의 몸매를 유지하고 있는지라 나 자신의 다이어트 경험보다는 가정의학과 의사로서 환자들의 다이어트를 도운 경험이 많다. 어릴 적부터 워낙 마른 편이었고, 몸이 힘들면 살이 금방 빠지고 살이 빠지면서 더 몸이 힘들어지는 악순환에 빠지는 체질이라 인턴, 레지던트를 하는 동안에는 일부러 체중을 늘리고 유지하기 위한 식단 관리를 했었다.

몸과 마음이 바쁘고 힘들 때 살이 빠지는 사람이 있고, 반대로 살이 찌는 사람이 있는데, 나의 경우에는 전자에 해당된다. 스트레스 상황에서 교감신경이 과하게 자극되면서 가만 있어도 심장이 두근거리는 심계항

진과 불면, 불안에 시달리고 만성 소화불량으로 먹지를 못하니 살이 쭉쭉 빠지는 쪽이 내 경우이다. 반대로 스트레스 상황에 처했을 때 우리 몸에서 분비되는 스트레스 호르몬인 '코티졸(cortisol)'은 일종의 스테로이드 성분이기 때문에 만성적으로 분비되면 식욕과 체중을 증가시킨다. 이러한 기전에 더 많은 영향을 받는 사람은 몸과 마음이 힘든 시기일수록 이상하게 더 살이 찐다.

이런 나도 살면서 심각하게 다이어트 고민을 한 적이 있는데 첫 번째는 남편 때문에, 두 번째는 방송 때문이다.

얼굴보다는 몸매가 압도적으로 나은 편이라 그런가 싶기도 하지만, 살면서 몸매에 관한 칭찬은 꽤나 들었다. 지금도 여전히 '날씬하다. 비결이 뭐냐'는 말을 종종 듣는 편이다.

그럼에도 워낙 길고 마른 체형의 남편을 만나 살면서 겪는 억울함이 있다. 혼자 있으면 날씬하다 소리를 듣는 내가 남편 옆에만 서면 착시현상 마냥 거대해 보인다.

어려서부터 한결같이 작은 얼굴에 길고 마른 모델 체형의 가진 남자를 좋아한 내 업보라고 여기며 감내할 부분이지만 그 정도가 지나치다. 남편은 얼굴도 유난히 작아서 함께 전신샷은 절대 금지이고 얼굴만 나오는 셀카를 찍을 때도 남편보다 한참이나 뒤에서 찍어야 건질 만한 사진이 나온다.

젊은 시절 날씬했던 사람도 나이가 들면서 기초대사량이 줄어드니 예전과 똑같이 먹고 생활하면 살이 찌기 마련인데, 20대에 처음 만난 남편은 40대가 되어서도 살이 찌지 않는다. 본래 마른 사람들은 "나는 많이 먹는데 살이 안 찐다." 말해도, 막상 보면 입이 짧고 잘 먹지 않는 경우가 많다. 그런데 남편은 정말 많이 먹는다. 중년 남성 체중 증가의 일등 공신인 음주는 전혀 하지 않지만 삼시 세끼 섭취하는 칼로리가 정말 많다.

남편은 가만있어도 소비되는 칼로리인 기초대사량이 엄청난 몸을 가지고 있다. 먹고살기 힘든 시대에 태어났다면 인풋 대비 아웃풋을 계산했을 때 효율성이 대단히 떨어지는 몸으로 생존하기 어려웠겠지만, 먹을 것이 넘쳐나서 문제인 현대사회에서는 중년이 될수록 부러움을 받는 몸이다.

나 역시 먹는 양 대비 살이 잘 찌지 않는 편인데도 불구하고 남편 먹는 것에 맞춰 먹다 보면 살찌는 것을 피할 수 없다. "그나마 나니까 당신과 살면서 이 정도 몸매를 유지하지 다른 사람이었으면 벌써 고도 비만이 되고도 남았다." 라고 농담처럼 말하지만 농담이 아니다. 시험 전에 같이 놀았는데 나만 시험을 망치고 혼자만 시험을 잘 본 친구에게 느끼는 배신감을 남편에게 느끼게 될 것이다.

마른 남자와 연애하고 동거하고 살면서도 '나 역시 충분히 날씬해. 심지어 마른 편이야. 타고난 골격은 바꿀 수 없어. 신경 쓰지 말고 내 페이스를 유지하자!' 곱씹으며 다이어트 같은 건 생각해 본 적 없이 살아왔던 나지만, 결혼식 앞에서는 다이어트에 대한 고민이 없을 수 없었다.

결혼식을 앞두고 안 그래도 마른 남편은 건강상의 문제로 이뇨제를 먹고 있어서 남편 인생에서도 최고로 마른 상태였다. 복수 재발을 막기 위해 먹는 이뇨제는 체중 감량 효과로 다이어트 약으로도 이용되기 때문에 당시 삼시 세끼 고칼로리 식단에 시간마다 계란, 두유 같은 간식까지 챙겨 먹어도 남편의 체중은 현상 유지도 어려웠다.

드레스를 고르고 사진을 찍을 때에도 분명 나 혼자 있을 때는,

"신부님이 날씬해서 드레스가 잘 어울린다. 신부님이 날씬해서 사진 보정할 것이 별로 없겠다." 하던 이들이 남편과 함께 서기만 하면 고개를 갸우뚱거리고 당황했다.

사진이야 포토샵의 힘을 빌리면 된다지만 결혼식에서 남편과 멀찌감치 떨어져 설 수도 없는 일이었다. 남편에 맞춰서 나 역시 살을 빼야 하나 고민했지만 웬만히 빼서는 남편 곁에서 티도 안 날 터였다.

결혼식에서 남편보다 뚱뚱하다는 말이 듣기 싫다고 해서 이미 충분히 날씬한 내가 건강을 해치면서까지 살을 빼고 싶지는 않았다. 결국 나는 다이어트는커녕 전날 떡볶이까지 먹어주며 결혼식을 맞이했다. 배를 꽉 조여주는 보정 속옷을 입고 오라는 드레스 숍의 당부도 과감히 무시했다. 결혼식 날, 남편도 나도 충분히 멋지고 예뻤다.

내 체중과 몸매가 적당하다고 여기며 나름의 자부심을 갖고 사는 데 있어 맞이한 두 번째 위기는 방송 출연을 하면서 발생했다.

'방송국 카메라는 실제보다 몇 배는 크게 나온다더라, 뚱뚱하다는 연예인도 실제로 보면 날씬하다더라, 연예인들은 실제로 보면 얼굴이 다 주먹만 하더라.'

나 역시 방송하기 전에 많이 듣던 얘기다.

결론부터 말하자면 일부분 맞고 일부분 틀리다.

화면에서 좀 더 크게 나오는 것도 맞고 얼굴과 몸의 골격이 더 부각되

어 보이는 것도 맞다.

그렇다 보니 아무래도 방송하는 사람 중에 작고 갸름한 얼굴에 작은 체구를 가진 사람이 많다. 얼굴과 몸의 골격 자체가 작은 대신에 키가 작은 사람도 많고 얼굴이 작은 대신 뱃살을 비롯한 숨겨진 살집을 가진 사람도 꽤 많다.

화면과 실물의 괴리는 '살의 문제'보다는 '뼈의 문제'라는 것이 내 생각이다.

나도 방송 초반에는 화면에 80kg이 넘는 것처럼 나오는 내 모습을 보고 경악한 적이 있다. 아무리 현실에서도 작지 않은 얼굴 골격에 수영 선수 같은 건장한 어깨를 가졌다 하지만, 화면에서는 그 정도가 심했다. 카메라에는 의사 가운을 입고 앉아 있는 상체만 잡히다 보니 신체적 장점인 길고 가는 팔다리는 가려지고 단점만 부각되는 문제도 있었다. 방송을 위해 살을 빼야 하나 심각하게 고민도 했지만, 결론은 하지 않기로 했다.

일단 방송을 떠나 현실의 나만 두고 생각했을 때 건강상의 이유로도, 미용상의 이유로도 살을 빼야 할 이유가 전혀 없었다. 방송에 맞춰서 무리해서 살을 빼면 현실에서 건강도 잃고 실물은 해골처럼 변할지 모른다. 화면상에서도 살을 뺀다고 될 일이 아니다. 오히려 얼굴살이 빠지며 광대 같은 골격이 부각되면 얼굴이 더 커 보일 것이다. 뼈가 문제지 살은 잘못이 없다.

가끔 방송에 나온 내 모습을 옛 남자친구들이 본다면, '재는 젊었을 때는 그렇게 말랐었는데 나이 먹고 완전히 살쪘네.' 오해할까 싶어 억울한 마음이 들 때도 있지만 마음을 내려놓는 것밖에는 도리가 없다.

타고난 체질 덕분에 지금껏 혹독한 다이어트는 없었지만 이제 나 역시 팔뚝 살, 옆구리 살 같은 특정 부위의 살이 눈에 거슬리기 시작하는 나이가 되었다. 더 이상 10대, 20대 때처럼 바람 불면 쓰러질까 싶은 마른 몸이 예뻐 보이고 자랑스러운 나이도 아니고, 굶기만 하는 다이어트를 하다가는 급격한 노화에 요요 현상까지 역풍을 맞을 것을 두려워해야 하는 나이다.

체중 조절은 건강을 최우선 목적으로 해야 한다. 일상 속에서 내 몸을 아끼고 사랑하며 사는 것이 건강과 아름다운 몸매를 모두 유지하는 지름길이다.

오늘도 나를 위한 건강한 식사를 준비해 먹고, 물을 많이 마시고, 수영을 하고, 산책을 가는 이유다.

제 머리숱이 부러우신가요?

—

나는 머리숱이 정말 많다.

어느 정도로 많은가 하면 만나는 헤어디자이너 선생님들마다 자기가 지금껏 만난 고객 중 머리 숱으로 세 손가락 안에는 무조건 든다고 한다. 상위 세 명도 모자라 보통은 독보적 1위라고 한다. 그런데 심지어 어릴 때는 지금보다 더 숱이 많고 곱슬도 심했다. 머리를 묶다 보면 머리끈이 터지기 일쑤였고, 머리 말리다 팔 아프고 짜증스러워 운 적이 한두 번이 아니다.

이런 나에게 매직 스트레이트 펌은 구원자이자 20년 넘는 세월을 함께 한 인생의 동반자이다. 매직 스트레이트 펌이 우리나라에 도입되자마자 받기 시작해서 1년에 세 번 이상은 주기적으로 받아왔으니 인생을 매직 스트레이트 펌의 역사와 함께했다고 해도 과언이 아니다.

1990년대 말, 지금처럼 파마약이 좋지 않을 때라 약의 힘으로 곱슬머리의 단백질 변성을 유도해 머리카락을 펴기보다는 고데기의 뜨거운 열과 미용사 선생님의 팔뚝 힘으로 머리를 펴야 했다. 장장 열 시간이 넘게 걸리는 대장정이라 중간에 미용사 선생님과 밥을 시켜 먹기도 했다. 이런 과거 에피소드를 말하면 나이가 어린 헤어디자이너 선생님들은 본인들도 처음 듣는 이야기라며 신기해한다.

지금은 기술의 발전으로 시간이 많이 줄긴 했어도 여전히 최소 서너 시간은 미용실 의자에 앉아 있어야 하니 고충이 심하다.

이렇다 보니 어릴 때는 적당한 숱의 차분한 생머리를 가진 사람이 엄청 부러웠다. 그런데 나이를 먹고 나니 오히려 머리숱이 많아서 부럽다는 이야기를 자주 듣는다.

애물단지 내 머리카락이 부럽다는 말을 듣다니. 아직도 적응이 잘되지 않지만 요즘 들어 꽤나 자주 듣다 보니 자부심을 좀 가져도 되나 싶어진다.

어릴 땐 '신기하다. 기괴할 정도다. 관리가 힘들겠다.' 정도의 시선을 받던 나의 머리카락이 이제는 출산 후 탈모가 온 친구들이나 나이 먹고 숱이 줄고 머리카락이 얇아져 풍성함과는 거리가 멀어지는 것이 고민인 사람들로부터 부러움의 시선을 한몸에 받는다. 세월이 흘러 엄청난 지위 상승을 이루었다.

내 머리카락처럼 어렸을 땐 외모적 콤플렉스에 가깝던 부분이 나이를 먹은 후에 장점이 되는 경우가 종종 있다.

예를 들어 지성 피부 같은 경우다. 얼굴이 기름으로 번들거리고 과도한 피지 분비로 인한 여드름같이 각종 피부 트러블의 원인이 되기에 젊은 시절에는 지성피부보다는 차라리 건성 피부를 부러워하는 경우가 많다. 하지만 나이가 들며 피부는 건조해지기 마련인지라 젊어서 건성 피부는 나이 먹을수록 건조함과 피부 주름이 심해진다.

반면 젊은 시절 지성 피부로 고생했던 사람 중에 나이 들며 자연스레 여드름도 사라지고 적당한 유분기 덕분에 나이에 비해 주름이 덜하다는 평가를 받기도 한다. 물론 일명, 복합성 피부, 속은 건조하고 겉만 기름이 흐르는 문제성 피부가 되는 최악의 경우도 있긴 하지만 말이다.

또 다른 예로, 젊었을 땐 너무 말라서 보기 좋지 않다는 말을 듣다가 중년을 넘어가며 조금 살이 붙고 나니 젊은 시절보다 인물이 더 낫다는 평가를 받는 경우다. 보통은 남자다. 우리 남편도 여기에 해당한다. 어릴 때는 워낙 작은 얼굴에 아무리 먹어도 살이 찌지 않는 체질이다 보니 일명, '멸치'로 분류되는 마른 체형이었지만, 나이를 먹으며 동년배들은 하나둘 배 나온 아저씨가 되어갈 때 여전히 날씬한 몸매를 유지하고 패션 스타일도 개선되고 나니 요즘은 어딜 가도 "어려 보인다." 소리를 듣는 훈남 의사로 거듭났다.

반대로 젊었을 때 외모적 장점이던 부분이 나이 먹어서는 단점으로 변하기도 한다.

내 경우에는 길고 가는 팔다리가 그러하다. 근육이라고는 찾아보기 힘들 정도로 매끈한 다리 덕분에 각선미 좋다는 칭찬을 듣고 살던 젊은 시절에는 짧은 치마에 하이힐로 신체적 장점을 부각시켰다. 이제는 관절염과 골다공증 걱정에 예뻐 보이는 것은 상관없으니 통뼈에 종아리 알이 불룩 나온 단단한 다리를 가지고 싶은 마음뿐이다.

미의 기준에 대한 시대적 변화도 한몫했겠지만, 요즘 들어 건강한 사람이 예뻐 보인다.

예전에는 불면 날아갈까 싶은 몸매에 핏기 없이 창백한 청순가련형 여성이 예뻐 보였다면, 요즘엔 그런 사람들을 보면 건강 걱정이 먼저 된다.

티브이에 나오는 아이돌을 보면, '나이 먹어서 골다공증으로 고생하지 않으려면 밥도 잘 챙겨 먹고 햇빛도 쬐서 비타민D 합성을 좀 해야 할 텐데.' 하는 마음만 드는 걸 보면 내가 나이를 먹어 그런 건지, 가정의학과 의사 직업병인지 잘 모르겠다.

'젊어서 예쁜 거 소용없다. 나이 먹고 건강한 것이 최고다.'는 생각에 확신을 갖게 된 사건이 최근에도 있었다.

누구나 알만한 국민 여배우 두 분과 녹화 방송이 있었던 날이다. 내가 나오는 방송은 건강 관련 주제를 다루다 보니 이제는 80이 넘은 여배우 두 분이 그날 게스트로 출연해서 각자 건강 상태를 공개했다.

그런데 굳이 말로 하지 않아도 대기실에서부터 차이가 확실히 보였다. 동갑의 나이에도 불구하고 한 분은 거동도 어려워 스태프들의 부축을 받아야 하는 한편, 다른 한 분은 큰 키에 곧은 허리를 자랑하며 60대 정도로 밖에 보이지 않았다.

재미있는 건 두 여배우의 젊은 시절에는 전자가 자그마한 체구에 올망졸망한 이목구비로 여주인공 역할만 했던 반면, 후자는 그다지 예쁜 역할의 배역을 담당하는 배우가 아니었다는 점이다.

그러나 세월이 흐르고 나니 드라마에서 전자는 시어머니 역할, 후자는 그 며느리 역할을 할 정도로 외모가 역전되었다. 이목구비야 예전과 크게 다를 바 없지만, 과거에는 여배우로서 스트레스였을 큰 골격이 나이를 먹고 나니 장점이 되어 나이답지 않은 건강미를 뽐내는 데 일조하고 있었다.

나도 건강하게 늙고 싶다.

비슷한 연령대를 외모 순위로 나열한다고 가정했을 때, 지금보다 나이 들어서 순위 상승을 이루고 싶다.

역주행 순위 상승. 꼭 이루고 싶다.

매달 어김없이 돌아오는 당신, 감사합니다!

어김없이 이번 달에도 생리가 찾아왔다.

중학생 시절 시작했으니 20년이 넘도록 매달 꼬박꼬박 찾아오는 생리는 별로 반갑지 않은 존재이다.

그나마 생리통은 약을 먹어도 계속되는 고통에 몸부림치던 어릴 적과 비교해선 많이 나아졌지만 여전히 하루 정도는 심한 통증이 오기 전에 미리 진통제를 먹어줘야 한다. 그리고 한여름에도 뜨거운 물을 넣은 보온 물주머니를 배에 올리고 찜질을 해줘야 견딜 만하다.

생리량도 많아서 나도 모르게 피를 묻힌 채 '나 생리합니다!' 광고하고 다니지 않으려면 템포에 생리대까지 이중으로 방어해야 한다. 잘 때는 입는 생리대에 이불 빨래 방지용 담요를 깔고 잔다.

수능시험, 장기 유럽 여행, 리조트 수영장이 목적인 동남아 여행까지. 중요한 날에는 다른 무엇보다 생리 일정을 먼저 체크하고 필요하면 날짜를 조절하는 약을 복용해야 하는데, 호르몬 성분의 약을 복용하며 겪는 '감정과 식욕이 통제되지 않는 불쾌한 기분'은 절대 적응되지 않는다.

그나마 생리 일정을 예측할 수 있는 정확한 생리주기를 가진 것에 감사해야 하나.

내 생리 주기는 평균 28일로 굉장히 정확한 편인데 거기서 앞뒤로 하루 이틀 정도 줄거나 늘어나는 정도이다. 물론 나로서는 하루 이틀이라도 늦게 시작하는 것이 반갑고 하루 이틀 일찍 시작하게 되면 억울한 감정이 든다. 한 달은 길어야 31일인데 그중 7일가량을 생리대를 차고 생활해야 하는 상황에서, 이번 달처럼 25일 만에 생리를 시작한 경우엔 생리대로부터 벗어난 지 겨우 2주 만에 다시 생리대를 차야 하는 기막힌 상황이 연출된다.

특히나 요즘같이 덥고 습한 여름에는 생리대를 착용했을 때 꿉꿉하고 축축한 불쾌감은 배가 된다. 거기에 좋아하는 수영장까지 갈 수 없으니 월경증후군으로 인한 우울과 짜증도 배가 된다.

이럴 때면 '출산할 것도 아닌데 폐경이 된다면 반갑지 않을까?' 하는 생각이 들기도 한다. 하지만 폐경 후 여성이 겪는 신체적, 심리적 고통은 생리로 인한 것보다 더하면 더했지 덜하지 않다는 걸 잘 알기에 얼른 그런 생각은 거둔다.

잠시나마 이번 달도 잊지 않고 찾아와준 생리에 감사한 마음을 가져본다.

의사로서 난소암, 유방암 환자들이 암 치료로 인한 조기폐경이나 갱년기 유사 증상 부작용을 겪으며 힘들어하는 걸 곁에서 지켜보았다. 자연히 생리에 대한 불만이 많이 줄었다. 이제는 불편하긴 해도 가능한 오래 생리를 하고 싶은 욕심이 든다.

생리 역시 많은 여성들에게 '있을 땐 소중함을 모르다가 잃고 나면 소중함을 깨닫는 존재'일 것이다. 젊고 건강한 여성 중에 매달 찾아와주는 생리가 반갑고 감사한 사람이 얼마나 있으랴.

예전 내 환자 중에 젊은 유방암 1기 환자가 있었다. 대기업 S 전자에 다니며 30대 여성, 기혼에 아이는 없었는데 다행히 건강검진으로 초기에 발견하여 성공적으로 수술을 받았다.

문제는 조직 검사 결과 '호르몬 수용체 양성'이 확인되어 5년간 항호르몬 치료제를 복용할지 여부를 결정해야 했다.

유방암에서 '호르몬 수용체 양성'이라는 말은 해당 암이 여성호르몬에 반응하여 증식하는 성질을 가지고 있다는 말이다. 따라서 여성호르몬을 차단하는 항호르몬 치료를 받으면 암의 재발과 전이를 막는 데 효과적이다.

그녀의 경우 암 치료만 생각하면 '타목시펜'이라는 항호르몬 치료 약물을 5년 정도 복용하는 것이 권고된다. 문제는 이 약을 복용하는 5년 동안 아이를 가질 수 없다. 정확히는 기형아 방지를 위해 약물 복용 중단 후 6개월 정도의 여유 기간까지 하면 5년 6개월의 시간이다. 약물로 인한 기형아 발생 위험을 떠나서도 임신을 하게 되면 여성호르몬 수치가 높아지기 때문에 여성호르몬에 의해 암이 재발, 증식될 위험이 있는 그녀에게 임신은 심사숙고할 일이다.

그렇지만 그녀의 나이가 5년이 넘는 시간 동안 임신과 출산을 미루기에는 애매한 나이였다. 5년이 지나면 마흔이 넘는 나이였다. 평생 임신과 출산이 불가능할지도 모른다.

차라리 유방암 병기가 심각했다면 본인이 사는 것이 먼저이니 아이 생각은 접어두고 치료에 전념하라 하겠지만, 잘 보면 0기까지 우겨볼 수 있는 1기 유방암을 이유로 평생 아이 없는 삶을 살 수도 있는 결정을 쉽게 내릴 수는 없는 일이었다.

이런 이유로 종양내과 교수님도 나도 그녀의 선택만을 기다릴 수밖에 없었다. 언뜻 보면 그녀에게 선택할 수 있는 권리를 준 것이라고도 할 수 있지만, 현실은 최종 결정을 내려야 할 의무를 가진 자로서 그녀의 고민이 깊었다. 그녀의 인생이 걸린 문제이기에 누구도 대신해 줄 수 없는 결정이었다.

그녀와 어느 정도 가까워졌을 때 나 역시 결혼은 했지만 아이는 없는 기혼 여성이라는 것을 알고 그녀는 나라면 어떻게 할지 물었다.

"나야 본래 아이를 낳을 생각이 없으니 고민할 것도 없어 내 대답이 도움이 되지 않을 것이다." 답하니, 그녀 부부 역시 본래는 아이에 대한 생각이 없었는데 막상 이런 상황이 되니 아이가 간절해졌다고 했다.

이런 케이스는 '잃고 나니 소중함을 느끼는 경우, 안 된다고 하니 오히려 간절해지는 경우'에 해당할 수도 있겠지만, 본래 아이 없는 삶에 대한 확신이 부족했거나 마음속 깊은 곳에서는 최종 결정을 내리지 못했던 경우라서 그럴 수도 있다.

반대로 같은 유방암에 젊은 기혼 여성이지만, '암에 걸리고 나니 아이를 낳지 않은 것이 참 다행이다.'라고 말하는 환자도 있었다. 아이가 있었다면 아이 육아와 경제적인 문제로 본인 치료에 전념하기 힘들었을 것 같다며 과거 아이를 낳지 않기로 한 걸 잘한 일이라고 했다.

생리 이야기를 하다가 여기까지 왔다.

아무튼 매달 찾아오는 생리가 여전히 많이 불편하고 힘들기도 하지만, 그래도 이제는 잊지 않고 찾아와줘서 반갑고 고마운 마음도 든다.

나이를 먹으며 생리량도 기간도 줄고 점점 폐경에 가까워지는 경우가 많은데, 아직 그럴 걱정은 없으니 생리량이 여전히 많은 것도 감사해야 할 일이다.

감사하는 마음을 가지며 살려고 노력하다 보니 감사할 일 천지다.

나와 생리 주기가 비슷한 친구에게 카톡 좀 보내야겠다.

"너 생리 시작? 나 생리 시작!

감사하게도 이번 달 생리가 시작됐어~"

의사이자 영양사가
잘 먹고 잘 사는 법!

—

나는 보건복지부 웹 사이트에서 면허 조회를 하면 3개가 나온다. 의사 면허, 가정의학과 전문의 면허, 영양사 면허이다.

전문 채널에서 영양 멘토로 활동한 이력과 함께 남편 건강이 좋지 못했던 기간 동안 내 주도하에 엄격한 식이요법을 했었다는 것이 알려지며, 내게 무엇을 먹어야 되는지 상담해오는 사람들이 많다.

사실 식단을 짜는 데 있어 내가 제일 중요하게 생각하는 것은 '지속 가능성'이다.

다이어트 목적이건, 당뇨, 고혈압, 고지혈증 같은 대사성 질환의 개선 목적이건 중요한 것은 '평생 실천할 수 있는 식단'을 짜는 것이다. 극단적인 식단으로 잠깐의 효과를 보고 다시 이전의 식습관으로 돌아간다면, 다시 살이 찌고 질병이 악화되는 것은 안 봐도 뻔한 일이다.

평생 실천할 수 있는 식단이란, 첫째, 평생을 이렇게 먹어도 상관없을 만큼 먹을 만한 식단이어야 하고, 둘째, 시간적, 경제적 범주에서 고려했을 때 평생 (차려) 먹을 수 있을 만한 식단이어야 한다.

아무리 건강식이라도 본인 입맛에 맞지 않는 극단적인 식단은 결국 대부분 '도저히 못 해먹겠다!'는 포기 선언과 함께 끝이 난다. 또한 식단 준비에 너무 많은 시간과 돈이 드는 경우에도 길게 가지 못한다. '이제 나는 유기농 샐러드에 연어구이를 곁들여서 도시락을 싸 다닐 거야.' 다짐해놓고, '출퇴근도 힘든데 도시락 싸기는 무리!'라며 얼마 못 가 포기하고 만다.

레지던트 시절, 눈코 뜰 새 없이 바쁜 와중에도 3년 넘는 시간 동안 무염식에 가까운 식단과 도시락 싸기를 실천할 수 있었던 것은 '쉽고 빠르게 준비할 수 있는 맛있는 건강식'에 초점을 맞춘 덕분이었다.

남편의 경우 간경화로 대량의 복수가 찼었고 복수 때문에 무염식을 시작했다. 사실 신장 질환과 다르게 만성 간 질환의 경우 나트륨 섭취 제한은 일반인과 크게 다르지 않다. 연구 결과 나트륨 제한이 복수의 재발 방지와 입원 기간 단축에 효과적이었음에도 불구하고, 맛이 없어서 먹는 양이 줄다 보니 오히려 영양 결핍 같은 문제가 발생한 것이다. 만성 간 질환의 경우 단백질을 비롯한 충분한 영양 섭취가 중요하기 때문에 과거 나트륨 섭취 제한이 좀 더 엄격했던 것과 달리, 현재는 그 기준이 완화되었다.

그럼에도 불구하고 남편에게 거의 무염식에 가까운 저염식을 시킨 이유는 복수의 해소와 재발 방지, 고혈압으로 인한 정맥류 손상 예방, 간과 비슷한 해독 장기인 신장을 지키기 위해서였다.

하지만 무엇보다 저염식을 실천한 결정적인 이유는 간단하다.

남편은 저염식을 아주 잘 먹기 때문이다.

나트륨 제한으로 얻을 수 있는 이득은 취하면서도 섭취 영양과 칼로리 부족을 겪지 않을 만큼 아주 잘 먹기 때문이다. 남편이 아프기 전에도 우리 부부는 음식을 많이 싱겁게 먹는 편이었다. 담백하고 재료 본연의 맛이 느껴지는 음식을 좋아한다. 그게 맛있다. 짜고 조미료가 들어간 음식은 맛이 없다. 평생 저염식을 하라면 할 수 있지만 평생 짜고 자극적인 음식을 먹으라면 그건 할 수 없다. 타고난 입맛이 그렇기도 하고 양가 어머니가 건강한 식습관을 길러주신 덕분이기도 하다. 아무튼 우리 둘 다 '저염식 맞춤 입맛'이라 할 수 있다.

덕분에 저염식을 실천하는 일이 별로 어렵진 않았다.

고기를 구울 때 소금 대신 후추를 뿌리면 되고, 느끼할 땐 김치 대신 상큼한 토마토 마리네이드를 먹으면 된다. 소금과 양념이 없으면 재료 본연의 맛을 즐길 수 있다. 삶은 계란은 아무리 먹어도 질리지 않는다. 쌈장 없이도 생 양파와 생 마늘만 넣고 쌈 채소에 밥을 싸먹어도 충분히 맛있다.

덕분인지 재발률이 높은 복수가 남편에게는 이뇨제 중단 이후에도 재발하지 않았고 지금은 누구보다 건강하게 지내고 있다.

예전만큼 엄격하게 나트륨 제한을 하지는 않지만 굳이 의도하지 않아도 우리 집 식사는 여전히 별반 다르지 않다. 대신 이제 남편 도시락은 싸지 않는다. 이제 남편 점심은 병원 식당에서 먹는데 암 환자들이 입원해 있는 곳이라 식사가 영양에 맞춰 잘 나온다. 계란, 닭 가슴살, 양배추, 토마토, 두유가 있는 부인표 도시락은 실컷 먹었으니 이제 다른 사람이 해준 밥도 먹을 때가 됐다.

잠잘 시간도 부족한 레지던트 시절에 삼시 세끼, 도시락까지 어떻게 했냐고 묻는다면 사실 나에게는 별로 어렵지 않았다. 내가 남들에 비해 손이 매우 빠른 편이긴 하지만 아무리 그렇다 해도 손질과 조리가 어려운 음식을 하려고 했다면 불가능했을 것이다.

양상추 같은 샐러드용 야채는 씻어서 야채 탈수기로 물기를 싹 제거하고 보관하면 3~4일치 정도는 먹는 동안 싱싱하게 유지된다. 양파, 마늘 같은 채소들은 깐 양파, 깐 마늘을 구입해서 손질 시간을 최소화한다. 브로콜리처럼 세척이 어려운 채소는 아예 손질, 세척된 냉동 제품을 사서 파스타 요리나 카레 요리를 할 때 넣어 먹는다. 삶은 계란은 계란 삶는 기계의 도움을 받고, 양배추도 찜기에 찔 것 없이 물 살짝 넣고 랩으로 싸서 구멍 살짝 뚫고 전자레인지에 돌리기만 하면 양배추 찜 완성이다. 생선도 손질된 것으로 사서 종이 호일 깔고 에어프라이어 버튼만 누르면 조리될 동안 지켜볼 것도 없이 자동 완성이다. 밥은 밥솥이 해주고, 설거지는 식기세척기가 담당한다. 참으로 편한 세상이다.

남편 투병 중 식단은 내가 담당했지만 아빠 식단은 전적으로 엄마에게 맡겼다. 최근까지 아빠가 항암치료를 받았기 때문에 무엇이든 먹고 싶은 것 드시게 하라고 조언한 것이 전부다.

식욕이 줄고 구역, 구토가 동반되는 항암치료 기간 동안에는 뭐든 잘 먹어서 체중이 빠지지 않도록 유지하는 것이 중요하다. 아빠는 다행히 구역, 구토는 거의 없었지만 항암 중에는 입맛이 떨어지고 음식 냄새와 맛에 예민해졌다. 호중구(백혈구) 감소에 좋다 해서 보내드린 닭발 곰탕도 도저히 못 먹겠다 해서 모두 버렸다고 했다. 잘했다고 말씀드렸다. 항암치료를 받는 동안에는 좋다는 음식을 억지로 먹는 것보다 먹고 싶은 음식을 맛있게 먹는 것이 제일이다.

하지만 이제 아빠의 항암 치료도 종료됐기에 슬슬 식단 관리가 필요하다. 엄마가 더 신경 써서 식사 준비를 한다는데 일손이 빠르지도 않고 현대 문명의 도움도 적극 활용하지 못하는지라 꽤나 고군분투하시는 것 같다. 엄마에게 응원을 보낸다.

다시 요즘,
흐르는 시간 속에서

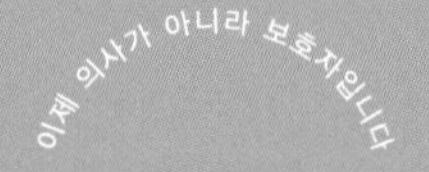
이제 의사가 아니라 보호자입니다

나는 별일 없이 산다!
별다른 걱정 없다!

평온한 날들이 계속되고 있다. 내 인생에서 몸과 마음 모두 이렇게까지 편안한 시절이 있었나 싶다.

6월 아빠의 항암 치료가 종료된 후 다음 추적 검사와 진료가 잡혀 있는 10월까지는 아빠 일로 맘 졸일 일도 없다.

매달 병원에 가는 일정은 별거 아니라 하더라도 그보다는 검사 결과가 어떻게 나올지에 대한 마음고생이 심했다. 수술 전까지는 강력한 항암치료에도 CA 19-9 암 표지자 수치가 예상 외로 잘 떨어지지 않아 매번 진료 때마다 걱정, 기대, 실망의 감정들로 마음이 편치 못했다.

두 달에 한 번 찍는 CT 검사는 말할 것도 없었다. 두 달이라는 시간이 얼마나 빨리 돌아오는지. 촬영하고 판독 결과를 기다리는 며칠 동안은 밥맛도 없고 잔뜩 예민해져 있었다.

6월에 항암 치료가 종료되고 10월에 보자는 말을 들었을 때 처음에는 '다음 검사까지 너무 먼 것 아닌가.' 하는 생각도 잠시 했다. 그러다 이왕 쉬는 거 이 시간을 편히 즐기기로 마음먹었다. 1년 넘는 기간 동안 매번 시험 보는 기분이었으니 이제는 거기서 벗어나 몸과 마음의 평화를 즐길 때다.

나에게 행복이란, 지금처럼 '걱정, 근심 없이 평화롭고 여유로운 상태'

이다.

헬레니즘 시대 에피쿠로스 학파의 소극적 쾌락주의를 지지한다. 고통의 부재가 쾌락이다. 육체적 고통과 마음의 근심이 없는 지금의 상태가 내게 있어 인생 최고의 쾌락이다.

너무 기쁘고 즐겁다가 너무 슬프고 고통스러운 롤러코스터 인생은 원치 않는다. 자극적인 맛은 싫다. 싱겁고 별거 없는 인생이 좋다. 요즘 특별할 것 없어 보이는 내 하루하루가 특별히 행복하고 소중하다.

문제는 그냥 현재를 즐기면 된다는 걸 알면서도 문득문득 지금의 행복이 깨질까 두렵고 불안한 마음이 고개를 내민다.

'지금 너무 좋은데, 아빠 병이 재발하면 어떡하지. 아빠에 이어 엄마 건강에 문제가 생기면 어쩌지. 시부모님이 편찮으시면 서울로 모셔와야 하나. 아니면 남편이 광주로 내려가서 살아야 하나. 남편 건강이 안 좋아지면 어쩌지. 남편이 일을 못 하게 되면 내가 다시 일을 해야 하는데. 그때를 대비해서 지금 돈을 벌어야 하나.'

벌어지지도 않은 일에 대한 고민이 꼬리를 물고 이어지려 한다. 이건 병이다. 걱정을 사서 한다는 말이 딱이다.

이럴 때는 물구나무를 서든지 나가서 뛰든지 앞구르기, 뒤구르기를 해서라도 생각을 끊어내야 한다. 내가 그래서 수영을 좋아하는지 모른다. 염소 물 마시지 않으려면 수영하는 동안에는 잡생각을 할 새가 없다.

그냥 지금의 행복을 맘껏 누려보자.

남편 돈 잘 벌어오지, 속 썩이는 자식 없지. 전문의까지 됐으니 더는 시험공부할 일도 없고, 하기 싫은 출근 때문에 스트레스 받을 일도 없고. 요즘 내 인생이 참 좋다.

물론 앞으로 좋은 날만 있지는 않을 거란 건 잘 안다. 늙고 병들고 아프고 이별하고 괴롭고 슬픈 날도 오겠지만, 미래의 시련과 고난은 그 때가서 부딪히면 될 일이다. 미리부터 고민하지 말고 미래의 나에게 미뤄두자.

'장기하와 얼굴들' 노래 속 가사처럼 요즘 나는 별일 없이 산다! 별다른 걱정 없다! 나는 사는 게 재밌다! 매일매일 신난다!

이번 생에 신용불량자가 되더라도 기억을 못 합니다

이렇게 계속 놀아도 되는 걸까 생각이 많아지는 요즘이다.

이제 아빠의 항암치료가 종료된 지도 수개월이 흘렀다.

직장 스트레스 없이 내가 좋아하는 것들로 하루하루 행복하게 지내고 있지만 언제까지 남편이 벌어다 주는 돈에 의지해서 살 수 있을까 싶은 불안감이 들기도 한다.

'자식이 있는 것도 아니고 의사 면허가 사라지는 것도 아니니 상황이 변하면 그때 일을 시작하면 되지.'

스스로를 달래 보다가도, 100세 시대라는데 한 살이라도 어릴 때 뭐라도 해야 하지 않을까 싶은 마음이 든다. 뭐가 되고 싶은지도 모른다. 잘나가는 병원 대표 원장이 되고 싶은 건지, 그저 부자가 되고 싶은 건지, 유명해지고 싶은 건지.

곧 마흔이 코앞인데 아직도 내가 되고 싶은 것이 무엇인지 모른다니 심각하다.

솔직히 말하면 모르는 건 아니다.

내가 제일 원하는 것은 그냥 지금처럼 사는 것이다.

그저 계속해서 지금처럼 살 수 없을 것 같아 차선책 중에서 선택을 하려니 딱히 손 가는 곳이 없다. 내가 정말 사고 싶은 바비 인형은 안 될 것 같고 남은 봉제 인형 중에 골라야 하니, 토끼 인형이 좋은지 곰 인형이 좋은지 잘 모르겠다 싶은 맘이다. 어찌 됐든 봉제 인형 중에서 선택을 하긴 해야 한다.

언제까지 남편의 경제력에 의지해서 살 수는 없다. 100세 시대에 반백 년 넘는 세월을 남편에게 나까지 먹여 살리라고 짐을 지울 수는 없는 일이다.

남편의 건강 문제가 생길 수도 있는 일이고 시부모님께서 편찮으셔서 남편이 일을 그만두게 될 수도 있다. 그럼 지금과 반대로 남편이 아닌 내가 일을 해야 하는 상황일 텐데, 또다시 남 밑에서 일하고 싶진 않다.

일을 한다면 내 사업을 하고 싶다.

원래 나는 내 사업보다는 안정적인 월급쟁이를 선호하던 사람이다.

'하이 리스크(high risk), 하이 리턴(high return)'이라는 말도 있지만, '안전제일주의'삶을 추구하는 나란 사람은 사업 투자로 빚을 지는 것도 싫고 따박따박 월급 받는 것이 최고다 생각하며 살아왔다.

주변에서 대체 왜 개원을 하지 않냐고 물을 때마다 내 인생에 절대 개원은 없다고 외치던 나였는데 세월이 흐르며 생각도 변한다. 굳이 일을 해야 한다면 내 일, 내 사업, 내 병원이 하고 싶어졌다.

여전히 두렵지만 한살이라도 어릴 때 도전하는 것이 낫다는 게 결론이다. 체력적인 문제도 그렇고 혹시 실패한다 하더라도 다시 일어서려면 젊어서 도전하고 실패를 경험하는 편이 훨씬 낫다.

이런 용기를 내게 된 것도 충분히 휴식을 취한 덕분이다.

아빠 치료를 명분으로 일을 그만두긴 했지만, 당시 내 삶은 꽤나 따분하고 무기력했다.

전문의 따고 적당히 일해도 매달 적지 않은 월급을 받는 생활에 익숙해지며 새로운 도전에 대한 의지나 아이디어 따윈 흐릿해졌다.

내 병원은 아니지만 오픈 멤버로서 작은 부분까지 신경 썼던 병원도 자리를 잡아가고, 즐기던 방송 촬영이나 블로그 운영도 시들해지던 참이었다.

아빠의 암 진단 후 별일 없던 그 시절 일상의 소중함을 절실히 깨닫긴 했지만, 그만큼 귀한 하루하루를 그렇게 흘려보내선 안 될 일이었다.

영혼 없이 출근하고 일하고 퇴근하고 침대에 누워 휴대폰을 만지작거리다 잠들고. 다시 일어나서 출근하고 일하고 퇴근하고. 쉬는 날만 기다리다 막상 쉬는 날에도 특별할 것 없이 하루를 흘려보내고, 다시 출근할 걱정을 하며 잠드는 삶.

아빠 일이 없었다면 지금도 여전히 비슷한 삶을 살고 있었을 것이다. 인생이란 어떤 방향으로 흘러갈지 정말 모를 일이다.

1년 전만 해도 사업은커녕, 언제 병들고 끝날지 모르는 인생, 다시는 일하지 않으리라 마음먹은 적도 있었다. 지금은 '언제 어떻게 끝날지도 모르는 인생인데 두려워하지 말고 뭐든 도전하고 실패하면 어떠리!'로, 전제는 같지만 결론이 달라졌다.

며칠 전 친구들과 개원 고민을 주제로 수다를 떨다, 한 친구가

"어차피 이번 생에 망해서 신용불량자가 되더라도 다음 생에 기억도 못 해! 이번 생이 있었다는 것도 기억 못 할걸."이라고 말했다.

다들 웃었지만 맞는 말이라며 고개를 끄덕였다.

누구에게나 유한한 삶이기에 매 순간 소중하지만 그다지 집착할 것도 없고 망칠까 잘못될까 너무 두려워할 것도 없다.

내 건강이 허락될 때 도전해 보는 용기를 내 볼 참이다. 서두르지 않고 천천히 준비해보려 한다.

고통 Part.1

기다림의 고통

—

결국 꿈까지 꾸었다.

아빠 검사 결과 암이 재발했다는 꿈. 악몽이다.

'꿈은 반대라고 하잖아.'

애써 위로해 본다.

내일은 아빠가 항암치료를 종료하고 4개월 만에 받는 정기검진 날이다.

항암치료를 받는 동안에는 한 달에 한 번 암 표지자를 포함한 혈액검사를 했고, 두 달에 한 번 CT 검사를 받았다. 검사를 하고 결과를 확인하기 전까지는 언제나 초조하고 불안하고 두려웠다.

신경이 날카롭게 곤두서고 '이러지 말자. 잊어버리자.' 해도 생각은 늘 제자리였다. 이번에는 더 심하다. 4개월 만의 검사이고 항암치료 종료 후 첫 검사다.

애써 태연한 척했지만 이미 몇 주 전부터 이번 검사에 대한 생각이 떠나지 않는다. 머리에 박혀버린 것처럼 뭘 해도 따라다닌다.

이럴 때는 명상도 소용이 없다. 그나마 격렬하게 수영을 하는 순간 정도만 잊을 수 있다. 장거리 수영을 위해 다소 편히 움직이는 2비트 킥 자유형 같은 동작을 할 때는 물속에서조차 생각이 떠오른다. 접영 같은 격

렬한 동작을 할 때만 잠시 벗어날 수 있다. 덕분에 자유 수영 중에 접영을 하는 시간이 늘었다. 수영장 언니들은 속도 모르고 내게 체력이 좋다고 한다. 실상은 잊기 위한 몸부림이다.

어떤 이들은 검사 결과를 듣는 것이 성적표를 확인하는 것처럼 떨린다고 표현하기도 하던데, 전문의가 되기까지 수많은 시험을 치고 성적을 확인했지만 이 정도로 긴장되고 떨린 적은 단 한 번도 없다. 시험 성적은 내 노력에 따라 결과가 달라질 수 있고 어느 정도 예측 가능하지만 병원 검사 결과는 아니다. 내가 할 수 있는 것은 그저 기다리는 것뿐이다. 지금처럼 초조하고 불안한 마음으로 기다리는 것 말고는 의사라도 할 수 있는 것이 없다.

이런 내 마음을 숨기고 전혀 걱정할 것 없다는 듯, 아빠에게 내일 검사 잘 받으시라는 카톡을 남겼다. 남편을 제외한 가족들 앞에서는 늘 담담한 척 연기한다.

가족들은 상상도 못할 것이다. 걱정한다고 변하는 것도 없는데 미리부터 걱정할 필요 없다는 말을 달고 사는 내가 사실은 검사 훨씬 전부터 이렇게 걱정 근심에 사로잡혀 있다는 걸 말이다.

'걱정 근심에 사로잡히다' 정도의 표현으로는 한참 부족하다. 지금 나는 아주 엉망이다. 걱정에 잠식되어 삶 전체가 매몰되기 직전이다.

내일 검사가 끝나고 CT 판독 결과가 나오기까지 며칠이 소요될 텐데.

기다림은 고통이다.

눈을 감았다 뜨면 그 시간이 지나 있으면 좋겠다. 눈을 뜨면, '다 좋다.

아무 문제없다. 다시 4개월 후에 보자'는 결과가 기다리고 있으면 좋겠다.

지난 4개월은 정말 좋았다.

처음에는 항암치료도 없고 매달 하던 검사와 진료 스케줄이 없다는 사실에 불안하기도 했지만 그것도 잠시였다. 금세 적응했다.

몸과 마음이 편하니 매일이 감사하고 행복했다. 매일 뜨는 해를 보아도, 늘 지나는 집 앞을 걸어도, 세상은 아름답고 내 마음은 행복으로 가득했다.

달라진 건 무엇인가.

쓰다 보니 나란 인간이 참으로 어리석다. 달라진 건 내 마음뿐이다.

같은 해를 보고, 같은 길을 걸어도 오늘의 나는 정 반대다.

아직 어떤 결과가 나온 것도 아닌데 벌써 내 삶은 고통이다.

끝없는 생각에 잠식되어 이미 재발, 악화, 최악의 결과까지 상상하고 괴로워한다. 내 마음이고 내 생각인데 스스로 제어가 되지 않는다.

육체의 고통만이 고통이 아니다. 정신적인 고통도 못지않다.

몇 년간 명상 꽤나 하고 내 안의 불안도 다스리게 되었다며 까불던 나다. 꼴이 우습다.

이제껏 마음 수련은 허사였던가 싶다가 그나마도 없었다면 오죽했을까 싶다.

고통 Part.2

—

많은 일이 있었다.

계절은 한순간에 여름에서 가을로 바뀌었고, 긴 추석 연휴가 있었다.

추석 연휴 전에 광주 시댁에 다녀왔고, 시댁에 붙어 있던 바퀴벌레 약을 먹은 뽀기는 응급처치로 구토 유발 주사를 맞았다. 뇌경색이 왔던 구순이 넘은 시할머니는 퇴원을 하셨고, 꽤나 건강을 되찾으셨다.

추석 당일에는 친정에 가서 엄마 아빠, 언니네 가족을 만나고 명절 음식을 잔뜩 먹었고, 나머지 연휴는 남편과 뽀기와 함께 한가로워진 서울을 즐겼다.

아시안 게임에서 우리나라가 좋은 성적을 거두었고, 그중에서도 관심 있게 본 수영, 야구, 축구 모두 금메달을 땄다.

겉보기에는 평범하고 평화로운 시간이었다.

한동안 글을 쓰지 못했지만 평소처럼 수영과 산책을 하고 가끔 방송도 하며 그렇게 지냈다. 글을 쓰지 못한 이유는 그저 게으른 탓도 있겠지만, 심난한 마음에 자꾸 밖으로 돌았기 때문이다.

아무렇지 않은 척 지내면서도 마음 한편에 추석 연휴 지나고 예정되어 있는 아빠의 정기검진이 무척이나 신경 쓰였기 때문이다. '잊자. 잊고 지내자.' 다짐해도 마음속에 돌덩이가 얹혀 있는 기분이 계속되었고, 검사 날이 코앞으로 다가오자 감당하기 어려운 불안감에 휩싸였다.

'재발했으면 어쩌지? 아니야. 괜찮을 거야. 췌장암은 수술 후 재발률이 너무 높아. 아빠라고 예외는 아니야. 아니야. 지금껏 잘해왔잖아. 이번에도 잘될 거야!'

온종일 마음이 요동치는 날들이었다.

그리고 검사 다음 날, 서울대병원 앱에 뜬 혈액검사 결과를 아빠가 보내왔다. 수술로 정상이 되었던 암 표지자 CA 19-9 (정상 범위 0~37) 수치가 4천이 넘어 있었다.

아빠에겐 CT 판독 전까지는 며칠이 더 걸리니 기다려보자 말했지만, 누가 봐도 재발이었다.

후에 확인한 CT 결과는 더했다. 단순한 국소 재발이 아니라, 복막과 폐까지 전이되었다.

고작 4개월이다. 엄밀히 말하면 3개월이다. 6월 마지막 항암을 종료하고 3개월 만에 암이 재발된 것도 모자라 복막과 폐까지 퍼졌다.

지난 시간이 꿈같이 느껴진다. 수술로 육안으로 보이는 모든 암 제거에 성공했고, 수술 후 6개월의 항암치료 기간 동안 암 표지자 수치도 CT 검사도 모두 정상이었다.

겨우 3개월이었는데, 이럴 수는 없다.

아직 아빠에게 CT 검사 결과를 얘기하지 못했다. 엄마와 언니에게 먼저 알렸는데, 아빠에게는 이번 주말 끝날 때쯤 말하는 것이 좋겠다는 결론이다.

다음 주 엄마 생일을 맞아 토요일에 가족끼리 점심을 먹기로 했다. 아빠는 저녁에 친구들과 모임 약속도 있다고 했다. 혈액검사 결과로 아빠도 눈치는 챘겠지만, 하루라도 더 좋은 시간을 보냈으면 하는 마음이다.

지난주에 아빠와 고등학교 동창 아저씨들의 2박 3일 제주도 여행이 있었다. 몇 달 전 검사 예약을 할 때 일부러 여행 일정 뒤로 검사 날을 잡았다. 그리고 사이에 남편 병원에서 암 표지자 혈액검사 정도는 할 수 있었지만 하지 않았다. 아빠가 편하게 즐기길 바랐다. 1년간의 항암과 수술치료 끝에 얻은 겨우 3개월 남짓의 시간을 암으로부터 벗어나 편히 누리기를 바랐다.

지긋지긋한 암이란 병으로부터 얻은 자유시간은 고작 3개월이었다.

지금은 그 어떤 긍정적인 마음도 용기도 힘도 나지 않는다.

땅속으로 꺼지고 싶다. 사라지고 싶다. 나라는 존재가 처음부터 존재하지 않았다면 좋겠다. 지금 내 심정이 그렇다.

행복

암 환자와 가족의 삶도 충분히 행복할 수 있다

—

며칠 사이 유명인의 자살 소식과 마약 투약 관련 뉴스로 떠들썩하다.

누군가는 힘든 항암치료를 견디며 어떻게든 삶을 이어가고자 할 때, 다른 누군가는 스스로 삶을 마감한다. 누군가는 합법적으로 마약성 진통제를 사용할 수 있음에도 원치 않아 통증을 감내하고, 다른 누군가는 쾌락 혹은 호기심의 목적으로 불법 마약에 손을 댄다.

각자의 사정이 있다지만 의사로서, 암 환자 보호자로서, 자살이나 마약 관련 뉴스를 접할 때면 씁쓸한 마음을 감출 수 없다. 식상한 표현이지만 '내가 헛되이 보낸 오늘 하루가 어제 죽은 이가 그토록 바라던 내일이다.'라는 말을 떠오른다.

나 역시 우울증과 불안 장애로 힘든 시기를 겪어봤기에, 건강한 신체를 가졌음에도 조절되지 않는 정신의 질병으로 받는 고통과 삶을 끝내고픈 마음에 대해 잘 알고 있다. 남들이 보면 젊음과 건강한 신체, 부와 명예를 가진 사람이 뭐가 그리 힘들어서 그런 선택을 할까 싶지만, 절망과 어둠의 한가운데 존재할 당시에는 이 고통이 영원히 지속될 거란 확신의 착각이 든다.

그러나 영원한 행복이 있을 수 없듯, 영원한 불행도 없다.

굳이 내가 직접 지금 당장 끝내려 하지 않아도, 생은 유한하기에 언젠가는 결국 끝이 난다. 그럼에도 도저히 그 끝을 기다릴 수 없다면, 본래 본인에게 허락됐던 시간을 원하는 이들에게 주고 갈 수 있다면 좋을 텐데.

너무 살고 싶어서, 고통스러운 치료 과정을 감내하고 있는 수많은 환자와 보호자에게 시간은 무척이나 간절하다. 해를 보고, 바람을 느끼고, 사랑하는 이의 손을 잡고 함께할 수 있는 시간. 세계 최고 부자도, 최고 권력자도 살 수 없는 게 시간이다. 하루하루가 귀하다.

누군가는 살고 싶고, 다른 누군가는 죽고 싶다.

누군가는 마약이라면 진통제도 거부하고, 다른 누군가는 마약을 맞을 수 있다면 인생을 걸어도 좋다.

천태만상이다.

암 환자들 중에 진통제 사용에 반감을 갖는 분들이 꽤나 많다. 막연히 중독에 대한 두려움이 있거나, 견딜 수 있으면 약 없이 견디는 것이 좋다는 오해에서 비롯된 경우다.

하지만 암 환자에서 통증 조절은 매우 중요하다. 통증이 조절되어야 양질의 수면과 식사가 가능해지며 치료 성적이 좋아지고, 환자의 삶의 질과도 밀접한 연관이 있다.

약을 써야 할 사람들은 거부하는 반면, 뉴스에선 유명 연예인, 재벌 3세가 불법 마약을 했다는 뉴스가 끊이질 않는다.

단순한 호기심이었을까. 아니면 극한의 쾌락을 경험하고 싶었나.

마약의 도움이 필요할 만큼 인생이 괴로웠을까.

속사정은 모르는 거라지만, 겉보기엔 부와 명성을 가진 성공한 인생을 살고 있는 것처럼 보이는 이들이 그런 자기 파괴적인 선택을 하는 것을 이해하기 힘들다. 나로서는 합법이라 하더라도 진통제 목적을 제외하고 마약을 하고 싶은 마음은 전혀 없다.

마약의 도움 없이도 인생의 즐거움이 가득하다. 햇볕 쬐기, 산책하기, 수영하기, 라디오 듣기. 역시나 상투적인 표현이지만, 행복은 마음먹기에 달렸다. 아무리 마약으로 뇌 속 쾌락중추를 자극할지라도, 그렇게 얻은 일시적 쾌락으로 행복을 얻을 수는 없다.

마약중독자의 삶이 행복할 순 없다.

암 환자 혹은 그 가족의 삶은 행복할 수 있다.

중간에 고난과 슬픔이 있을지라도, 여전히 행복할 수 있다.

병에 걸리고 나서 인생의 소중함과 가족을 비롯한 주변 사람들의 사랑을 깨닫게 되었고, 아프기 이전보다 자주 행복함을 느낀다는 환자들을 종종 볼 수 있다.

'암 환자 VS 신체 건강하고 부와 지위를 가진 유명인의 삶'의 중에 누구의 삶이 더 행복할 것 같냐 물었을 때, 객관적인 조건만으로 판단하자면 누구나 후자를 고를 것이다.

실상은 다르다. 나는 암 환자이지만 매일이 감사하고 행복한 삶을 살고 있는 분들도 많이 만나봤고, 유명하고 부자이지만 세상 불행한 사람도 많이 보았다. 질병의 호전과 악화는 내 맘대로 할 수 없을지라도 행복과 불행은 내 마음먹기에 따라 크게 좌우된다.

아빠를 비롯한 암 환자들, 인생에서 힘든 시기를 겪고 있는 사람들이 덜 힘들고 더 많이 행복하면 좋겠다.

모든 게 마음먹기 달렸어
어떤 게 행복한 삶인가요

〈빙고〉, 거북이

에필로그 다시, 일상

항암 치료로부터 자유로웠던 3개월 남짓의 시간이 흐르고 정기검진에서 아빠 암의 재발 전이가 확인되었다.

그리고 다시 항암 치료가 시작되었다.

아빠에게 사실을 알리는 일이 쉽지 않았다.

교수님 진료 전 남편과 함께 친정에 가서 상황을 설명했다. 정확한 사실을 전달하면서 돌려 말하는 것이 쉽지 않았다.

"그러니까 전이가 됐다는 거지?"

"그치."

평소 나의 말투는 꽤나 직설적임에도 '전이'라는 단어를 피하고 싶어 나도 모르게 말이 장황해졌다.

며칠 후 잡혀 있는 외과 진료는 갈 필요 없이 혈액종양내과 진료만 가자고 했지만 아빠는 외과 진료도 가겠다고 했다. 복막과 폐에 전이 된 이상 수술적 제거는 불가능하다는 말을 하기 어려워 항암 치료를 받고 수술할 수 있는 단계가 되면 그때 다시 종양내과 교수님이 외과로 협진 의뢰할 테니 이번에는 갈 필요 없다며 만류하다 결국 아빠 원하는 대로 하시라 했다.

회사 문제도 아빠 원하는 대로 하시라 했다. 백수가 천직인 나로서는 완벽히 이해하긴 어렵지만, 최대한 퇴사를 미루고 싶은 아빠의 마음도 꽤나 이해가 간다. 회사와 집 외에는 특별한 취미도 없고 그나마 좋아하던 술자리는 아프게 된 이후 언감생심이니 퇴사 후에 병원 스케줄만 기다리며 지내고 싶지 않을 것을 것이다. 다시 2~3주마다 투약 시간만 2박 3일이 걸리는 항암 주사를 맞아야 하기 때문에 홈 펌프(home pump)를 달고 나온다고 해도 회사를 계속 다니긴 어려울 것 같지만, 시도는 해보고 싶은 아빠의 마음을 알기에 회사 일은 알아서 결정하시라 했다.

본인이나 가족이 아프게 되면 특별한 일 없던 일상의 소중함을 절실히 깨닫게 된다.

때로는 지루하고 때로는 벗어나고 싶던 일상이 얼마나 소중한 시간이었는지 그제야 알게 된다.

일확천금이 생기는 상상을 하기도 하고, 다 때려치우고 훌쩍 외국으로 떠날까 고민할 만큼 지루하게 느껴졌던 과거의 시간들이 뒤돌아보면 무척이나 평온한 나날들이었다는 걸 깨닫게 된다.

덕분에 이제라도 매일을 즐겁고 의미 있게 살고자 하게 되었으니 하나라도 얻은 것이 있다.

그렇게 우리는 다시 일상을 살아가고 있다.

아빠는 여전히 출근을 하고, 항암 치료를 받는다.

나는 여전히 수영을 배우고, 촬영을 가고, 산책을 하며 그렇게 지내고 있다.

일상 속 간간이 고개 드는 걱정과 슬픔이 있지만, 아빠 암 재발 이전과 별다르지 않은 일상을 보내고 있다. 시간이 흘러 현재와 같은 일상을 유지하기 어려워지고 변화가 필요한 시기가 올지라도 그전까지 지금의 일상을 살아갈 수 있음에 감사하며 온전히 누리려 한다.

아빠에게도 나에게도 지금과 같은 시간이 오래도록 허락되기를 기도해 본다.